# 新 兵

[新]史蒂芬·利顿 著　郑伟悦 译

新星出版社　NEW STAR PRESS

致敬

致菲利帕，摩根，希拉里和孩子们。

## 目 录

| | |
|---|---|
| 1 | 人物表 |
| 4 | 入侵者 |
| 19 | 幸存者 |
| 27 | 塞奇威山 |
| 46 | 城中生活 |
| 69 | 战争 |
| 78 | 王国编年史 |
| 113 | 使者 |
| 124 | 归途 |
| 139 | 贤者智慧 |
| 147 | 遗迹 |
| 155 | 再次交锋 |
| 176 | 揭露真相 |
| 187 | 意外访客 |
| 192 | 行动会议 |
| 202 | 任命仪式 |
| 210 | 声音 |
| 220 | 重建 |

# 人物表

埃西尔　　　　维京文化中的神祇之一
亚历山大　　　皇家骑士之一
阿尔特　　　　步兵战士
安吉拉　　　　提莫斯村庄东边的铁匠村村民
阿尔丁　　　　学院教授之一
雅典娜　　　　卡莱斯领主的女儿及继承人（卡莱斯城）
巴尔德尔　　　特里德尔的大儿子
伯纳德　　　　英雄之一
贝丝　　　　　铸造厂工头之一
达菲德　　　　皇家骑士团指挥官
达兰尼斯　　　军士教练官
丹尼尔　　　　步兵战士，提莫斯的挚友
黑暗骑士　　　黑暗骑士军团的战斗力量
黑暗骑士军团　与所有文明及王国敌对，由黑暗骑士和夜鹰组成
龙裔文明　　　传说中这块土地上第一批居民，是天神与龙族的后裔
邓肯　　　　　提莫斯的弟弟
杜兰特　　　　铸造厂厂长
弗兰克　　　　学院的科学家之一

| | |
|---|---|
| 华夏文明 | 据说是与龙裔文明有血缘关系的另一个文明 |
| 霍尔顿 | 特里德尔的小儿子 |
| 贾斯帕 | 提莫斯村里的村民 |
| 约瑟 | 英雄之一 |
| 乔伊 | 城里的女裁缝，提莫斯的挚友 |
| 雷米斯法官 | 雷米斯城的大法官 |
| 国王 | 这片领土的国王（可以来自任一文明力量） |
| 劳伦 | 学院的科学家之一 |
| 莱维克斯 | 皇家骑士之一 |
| 卡莱斯领主 | 卡莱斯城的领主 |
| 卡尔弗登领主 | 卡尔弗登城的领主，本名阿尔弗雷德 |
| 科斯维克领主 | 科斯维克城的领主 |
| 夜鹰 | 黑暗骑士军团的暗杀力量 |
| 诺维娅 | 特里德尔之女，英雄之一 |
| 奥勃拉 | 首席医官 |
| 老玛丽 | 学院教授之一 |
| 佩特罗斯 | 提莫斯的叔叔 |
| 罗伯特 | 提莫斯村子的村民 |
| 鲁弗斯 | 商会会长 |
| 瑞恩 | 英雄之一 |
| 赛尔玛 | 英雄之一 |
| 肖恩 | 杜兰特的侄子，也是学徒 |
| 西米恩 | 提莫斯村子的村民 |
| 伦道夫 | 皇家骑士之一 |
| 特里德尔 | 龙裔文明的第一位国王 |
| 提莫斯 | 来自塞奇威山附近村落中的一位年轻农民 |

| | |
|---|---|
| 维京文明 | 定居在这片土地上的航海文明 |
| 大和文明 | 由定居在这片土地上的皇帝所统治的文明 |
| 扎克斯 | 学院教授之一 |
| 泽克耶 | 学院贤者之一 |

## 入侵者

　　提莫斯和弟弟邓肯在厨房里等待开饭，他们的父亲已经吃上了，饭后他还要去田里干活。母亲搅拌着黑色瓦罐中煮得咕嘟冒泡的粥，与父亲开着玩笑，她的刘海垂了下来，时不时就要向后梳理一下。父亲吃着饭还不忘吸他最爱的烟斗，小邓肯努力挥动手里的木勺子，试图用它将白色的烟驱散。太阳刚刚升起，阳光透过窗户在墙面上舞动着，也映照在了一家人的脸上。

　　突然，外面传来了巨大的响声和尖叫声。父亲看了母亲一眼迅速向外走去。就在他将要打开门的一刹那，整个门连同门框、边墙一齐碎裂飞溅开来。两个穿着奇怪金属衣服、带着头盔的男人闯了进来，他们看上去就像提莫斯在祖父家看过的故事人物。

　　转瞬间，父亲便捂着胸口倒了下去，他的烟斗掉下来滚落到烤炉旁摔得粉碎。高大的男人从父亲的胸口拔出剑，恶狠狠地向提莫斯走来，挥舞着利剑向提莫斯和母亲砍去，剑上甚至还带着父亲温热的血。

　　提莫斯躲开了攻击，那把剑砍飞了瓦罐，连着桌上的面包和水罐一起扫落在地。完全被吓傻的提莫斯面对男人的再次攻击，本能地举起双手躲避。幸运的是，这一击也落空了，攻击者的剑尖与提莫斯的罩衫缠在了一起，当男人试图拔出长剑时，提莫斯身不由己地被拖动向前。此情此景激怒了男人，他抡起拳头，金属护手重重地砸在了提莫斯的太阳穴上。提莫斯像他的父亲一样倒了下去。那人低下身子试图抓起他，却被大喊着冲过来的邓肯阻止了。邓肯瘦弱的胳臂被那男人粗暴地拧了起来，一把扛在了肩头。小邓肯砸在他背甲上的拳头没有产生任何作用，男人再次提起拳头向提莫斯的肚子狠狠砸去，随后，他便带着邓肯扬长而去。

提莫斯痛得喘不过气，耳中嗡嗡作响，视线一片模糊，血从口鼻中流出。透过地板和椅子间的缝隙，他可以看到另一个入侵者用没戴手套的手抓住母亲漂亮的黑色长发，用剑抵着她的喉咙，拖着她走到桌前，强迫她坐在那里。

母亲尖叫着，用力捶打着入侵者的手。那人怒吼一声，挥起手将母亲狠狠地甩开，而母亲也不甘示弱地用指甲挠花了他的脸。这时，那男人抬手轻轻一挥，剑刃瞬间划过了母亲的喉咙。尖叫声戛然而止，母亲倒在了地上。男人用她的裙子擦了擦剑，转身穿过门廊离开，迅速隐没在了他的同伴之中。提莫斯勉强恢复了意识，追了过去，却滑倒在了父母的血泊中。

内心充斥着混乱与惊恐的提莫斯扑向父亲和母亲，发现他们都已经没有了呼吸。提莫斯抓住铁三脚架的腿，勉强让自己站起来，他不断地呕吐着，炉子上的锅被铁架子碰得摇来晃去，壁炉里爆着火光，噼啪作响……

提莫斯完全不记得自己是怎么从家里走出来的，他来到了大街上，满脸泪水地靠在院墙外。村子里充斥着尖锐的叫声和马匹奔跑时发出的沉重声响，它们穿梭在房屋与房屋、摊位与摊位之间，这里本该是农夫、铁匠和屠夫售卖货品的地方，而鞋匠、裁缝和药材商的叫卖声也销声匿迹了。

提莫斯茫然地寻找着弟弟，他根本无法从成群的士兵中辨认出是谁攻击了他们，哪里都找不到邓肯……

哦！他的爷爷奶奶！还有佩特罗斯叔叔！

提莫斯迅速跑过后巷，避开主路，泪水模糊了他的视线。跑到转角处他停了下来，看着广场上的大火，天知道那是什么在燃烧，还散发着地狱般的恶臭。到处都是全副武装的人们，连马也都装备了金属饰扣、皮制鞍具，还有胸甲。铁具在火光的映照中闪闪发光，地上散落着各种生活用品，一片狼藉，尸横遍野。有男有女，有老有少，残破不堪，血迹斑驳，他们沉默地躺在地上，无人问津。

有的妇女和儿童被士兵逼迫着交出财物，他们胆怯地抽泣着，在交出仅有的钱财后，等待他们的依旧是残忍的杀害，尸体被抛入腐臭的尸堆。一个绝望的女人举着剑冲向攻击者，她疯狂的怒吼和咆哮并没有给自己带来更多的力量，攻击者轻而易举地将她一刀砍倒在地。女人痛苦地翻滚着，尖叫着……直到另一个男人施舍般地向她的胸口又刺入两剑，尖叫声停止了，鲜血浸入了干涸的土壤。

到处都是滚滚的浓烟，马车上装满了从人们的身上、摊位上或是从房子里抢来的战利品，由另一群骑马的人控制着。

黎明前的微光照亮了南边的田野和西边的仓库，堆放着谷物、干草、蔬菜的仓库被洗劫一空。火把穿过敞开的大门被扔了进去，点燃了那些在夏天里晒干的枯草……

他终于冲到了爷爷和奶奶生活的那所大房子，更准确地说，应该是他们曾经生活的房子。他们一个躺在冰冷的地上，一个躺在床上，死亡的沉寂将提莫斯与那些曾经温暖的记忆彻底撕裂开来。

他突然想起佩特罗斯叔叔在前一天晚上就已经赶往伐木村，这样才能在天亮前准备好摊位。他闭上眼睛祈祷："神啊，请保佑邓肯和佩特罗斯叔叔平安无事。"

突然，提莫斯感到有人正在向他藏身的拐角处靠近！

他拼命向屋后曲曲折折的小巷跑去，希望没有人看到他。然而，慌乱中他弄错了方向，拐到了另一个满是人和马的广场上。

太阳冲破地平线的那一刻，阳光照到了一把飞旋的利剑上。提莫斯出于本能地闪到了路边，一块尖利的马蹄铁从他的头顶飞过，慌乱中他摔进了泥里，连滚带爬地躲到一辆大车的车轮后。他小心地观察着，一个骑马的家伙在广场的另一侧，距离他大概50匹马身的长度，那人的打扮和其他入侵者没什么区别。对方大概没有注意到他，也可能认为一个年轻的农夫不值得大动干戈。

周围闲逛的士兵挥舞着拳头或是短剑长矛，还有一些拿着弓箭的人正在朝天上发射箭矢，他们根本不在意那些箭最后是射中村民还是自己人。各种声音震耳欲聋，垂死的呻吟声淹没在了马蹄和车轮声中。提莫斯看着那些身穿蓝紫条纹束腰、裹着锁甲的入侵者们，像一群毫无感情的机器屠戮着村民，洗劫着他们的房屋，将战利品向他们的战车上抛去。牲畜们也不能幸免，马、驴和牛被拴在了抢来的车上。

提莫斯惊恐交加，粗重的喘息伴随着他断断续续的呜咽，肮脏的粪土和泥水掩盖着他瑟瑟发抖的身躯。他眯着眼望向远处冒着烟的断壁残垣，手指紧紧攥着身下的泥土，冰冷的触感透过指尖传来，与心脏沉重的跳动混在一起，让他还能在恐慌中保持一丝理智。

车底突然开始冒烟，浓烟被风迅速扩散，刺痛了提莫斯的双眼，灼痛了他的喉咙和鼻子。

"这里还有一个！"一个声音喊道。

"这个够大。"另一个人粗声粗气地回答，操着同样奇怪的口音。

失明

提莫斯看不到说话的人，但他想那些人一定是冲着自己来的，他马上就要没命了。

提莫斯感到死神的脚步已经来临，他甚至有点期待一个速战速决的杀戮来结束这难以忍受的苦痛与折磨。

然而，另外一个声音响起：

"喂，别动！"

"长官好！抱歉没有看到您。这马车这么大个儿，我们可以用它来……"

"我说了别动它。没时间了，带着已经到手的东西赶紧撤。山城那边应该已经派出了援军。埃里克森，在你那个魔法火焰熄灭之前务必把这辆车烧了，我们不能把它留给敌人。"

原来他们说的不是他。

一簇奇怪的绿色火焰笼罩了马车，或许是因为车上干草被点燃的缘故，那辆马车渐渐变成了橘黄色。

来不及理会这些士兵和奇怪的火光，提莫斯向马车的另一侧挪去，他努力克制想要咳嗽的冲动，必须趁着这个机会逃走！到处都是浓烟，燃烧的马车蹿起的火焰有一匹马那么高，而车上那些被点燃的干柴在烟雾中映出奇怪的影子。

他挣扎着站了起来，正要离开马车，却被一个滚烫的陶罐绊了一跤，直挺挺地躺在了温热坚实的地上，倒在一批散发着恶臭的战马的后腿旁。这批战马身穿盔甲，皮革和布料填充在内，马鞍上搭着一个穿盔甲的男人的腿。不同于杀掉他父母的凶手和其他正在庆祝胜利的士兵，这个男人钢甲上的金银镶嵌物，在火焰和午后阳光的映照下穿透浓烟，闪闪发光。马鞍上有着精美的雕刻，下面垫了一块长方形的小毛毯，毯子下是一块闪闪发亮的布，比他见过的任何东西都轻，上面绣着复杂的绿色图案，背景是紫色和蓝色的条纹。

骑士的头盔松松垮垮地挂在脖子后面，随着他的每一个动作，头盔都在他的盔甲上叮当作响。他的灰色短发上戴了一个小银发箍，上面镶着闪闪发光的红宝石。斑驳的银色胡子中间编了一根细长的辫子，夹裹在一堆乱蓬蓬的头发中间，上面还系着一枚点缀着红宝石的金环。

这匹马被击中时受了一惊，一脚踩碎了陶罐，还差点踩到提莫斯的手指。骑士被突然出现在身后的提莫斯吓了一跳，他用力踩了一脚马镫，拔出了镶着宝石的长剑。提莫斯用双手奋力从地上爬起来时，摸到泥里有个东西，他站起来的时候本能地抓住了它，那是陶罐的一块很大的碎片，他用尽全身的力气把陶片往左边一扔，它在空中旋转着砸中了骑士的左眼，正准备砍向提莫斯的剑瞬间掉在了马的身侧——骑士用双手捂着自己的眼睛大喊大叫，挣脱了缰绳的马跑了起来。

骑士咒骂了一声，后腿绷直，左手紧紧抓住缰绳，同时还笨拙地用右手捂住左眼，竭力想把受惊的马控制住，"给我老实点儿！"

提莫斯隐约地意识到，周围士兵的注意力发生了变化。这家伙是入侵者的首领！在马和骑士还乱作一团时，提莫斯将这张脸、他的铠甲、蓝紫条纹和绿色图案深深地刻在了脑海里。

"见鬼，谁帮我把剑捡起来！"

影影绰绰中，有人遵从了骑士的命令，而提莫斯撒腿狂奔，他放弃了房屋和田地，而是掉头往南边森林的方向跑去。在他身后是呐喊声和铠甲的碰撞声，发现马车的那两个步兵正在追赶他。好在他年轻力壮，也没有沉重的铠甲和武器的束缚，跑得非常快。他知道，只要进了森林，就可以利用茂密的树丛、灌木还有岩石沟壑甩开他们。

就在此时风吹散了烟雾，周围的景象变得清晰了起来。提莫斯回头看到追赶他的人不止那两个步兵，更为可怕的是被他打伤的那个男人调转马头，绕过燃烧的马车加速追来。提莫斯可以看到那人左眼周围有一圈黑色的血迹。

万幸的是，这些追兵打从一开始就和他逃跑的方向不完全一致，风停之后浓烟再次出现，隐藏了所有人的身形。提莫斯不停变换着逃跑的方向，绕了一大圈选择了最后一次看到追兵的方向，他判断这些人已经离开了那里，并祈祷着他的脚步声可以被马蹄声、喊叫声和物品碎裂的声音掩盖住。在左侧不远处，他隐约看到那个受伤的骑士策马向森林里飞奔而去。

提莫斯一路疯狂地奔跑着，跑进了村里，与村民、士兵和遇难者擦身而过，经过了一间间房屋，最后来到纺织工人的屋子前。提莫斯一头闯了进去，挪开地上的篮子、盘子还有一个婴儿摇篮的半成品，一把掀起地毯，扭开了地面上的大铁环。

安妮是村里的纺织工，继承了她父亲的手艺，而她的父亲也是从她爷爷那里子承父业。她的祖父约翰·亚当斯，既会纺织又会酿酒，尽管现在村里不再有人自己酿酒而是直接从伐木村买，但多年前约翰建造了一个酒窖来存放酒桶。当安妮在屋里织布的时候，这个酒窖就成了村里孩子们喜爱的游乐场。

现在，它又多了一个用途。提莫斯沿着窄梯爬了下来，关上地窖门，在黑暗中呆坐在这个曾经的乐园中。他突然想到了什么，又马上折返回地面，打开门把毯子拖了过来，这样关上门的时候毯子就可以把地窖的门重新盖住。但愿没有人注意这里，最好连匆匆一瞥都不要有，这样才不会有人怀疑这里会有一个地窖。

提莫斯被黑暗紧紧包围，为了不再害怕他开始思考，只要他能活下去，他就可以去找他的弟弟和叔叔。在最残酷的环境下，提莫斯似乎在一瞬间成熟了。

他感到内心涌起了层层怒火，对这些加诸他的家庭、朋友以及未来人生的苦难感到无比愤怒。为什么？这些人出于什么目的？是先辈们曾经犯下的错误而引来的报复，还是因为贪婪，或是单纯的喜欢战争？甚至不过就是表面上看到的，愚蠢而毫无意义的暴行？关于未来，提莫斯不得不用上全部的精力去思考——曾经，他的世界是那么的温暖，他和他的父亲、朋友，也许有一天还有他自己的孩子，在田野里辛勤而愉快地劳作。在此之前，他根本不知道有这样可怕的力量和这样的人存在。现在他体会到了这一切，而这些罪魁祸首所犯下的罪行，也许不是第一次，也不会是最后一次。提莫斯的内心渐渐形成了一颗新的种子，包含着坚定的意志与决心。他要复仇！

提莫斯走出了酒窖，世界已不复从前。天依旧是蓝的，太阳依旧照耀着大地，蟋蟀们依旧欢叫着，仿佛这就是一个普通而慵懒的夏日午后。入侵者踪影全无，浓烟也已散去，但烟尘的味道还残留在空气中，田野里有些地方还在缓缓地冒着烟。提莫斯穿过街道向广场走去，苍蝇在耳边嗡嗡作响。以往这些细小的声音都会被忽略或是令人愉快，而现在，声音越来越大，越来越密集，他甚至看到了一些完全不知道从哪来的绿头蝇。提莫斯感到恶心，他知道这些东西和他闻到了同样的味道，除了烟尘和小麦脱粒的粉尘味道之外，还有浓浓的血腥气。

当他看到躺在地上的一个小小的身影时，提莫斯的心差点跳了出来。那是杰德——坦提娜和雅各布的二儿子，而他们夫妻也许就躺在那栋已经烧光了的房子之中。雅各布是一个喜欢大嚷大叫的酒鬼，但此时此刻看着庭院中冒着烟的断壁残垣，提莫斯的心中只剩下满满的同情。他衷心希望杰德、坦提娜和雅各布在最后时刻没有目睹彼此的死亡。

正当提莫斯准备离开村子去找邓肯和佩特罗斯叔叔时，他在一个转角处被什么东西绊了一下。他扭头一看，发现地上躺着一个农夫，和他父亲一样的农夫。从外貌上就能看出这是一个努力工作的人，长年风吹日晒造成的黝黑皮肤，头上戴着宽檐帽，双腿分开，脸埋在土里，一只胳膊伸了出来，另一只则压在身下。提莫斯看着他，觉得眼睛好像被蛰了一下，眼泪涌了出来，正当他要跨过去的时候，男人的手动了一下。

提莫斯把他翻了过来，心头再次涌上悲伤。在去寻找家人之前，他还有事要做，这个人需要他，也许还有其他更多的人需要他。强忍着痛苦，提莫斯很清楚地意识到，如果邓肯和佩特罗斯叔叔是安全的，那么他没有赶过去的必要。如果他们处于危险之中，那么只能希望有人像他帮助这个农夫一样去帮助他们。而现在，他的村子需要他。

除了头上一道又深又长的伤口之外，这个男人没有其他严重的伤口，他意识不清，轻轻地呻吟着，眼皮不断颤动，提莫斯伸手摸了摸，发现他的一只眼睛有点向外鼓着。在提莫斯的日常生活中，他经常会看到人们因农活而受伤，像是坠马、被干草叉或手推车碰伤。提莫斯喜欢读书也善于分析，记忆力超群。有一次他和父亲去铁匠村，一个铁匠正在给他的犁上安装提莫斯父亲发明的改装刀片。提莫斯闲来无事便溜达到政务厅，在那里他找到一本描述各种疾病和治疗方法的医书，他快速地把那本书通读了一遍，牢记在脑海中。

因此他很清楚，眼前这个人至少有严重的脑震荡。他很可能是被剑或长矛打昏了，又或者是被钢靴或马蹄踢晕了才死里逃生。这时一声急促的轻呼传来，提莫斯看见一个穿着蓝白相间衣服的女人，她是铁匠村的巴贝拉，偶尔会到村子的集市用珠宝换取食物。他们一起把农夫抬到最近的房子里，让他半俯卧着以免发生呕吐。巴贝拉用湿布擦男人的额头，表示会留在这里照顾农夫，直到有人过来替换她。

接下来的数小时内，天色渐渐变暗，躲藏在房子里和田地里的幸存者，还有从其他村子赶过来的村民和提莫斯一样，忙着救治受伤的村民，料理死者的后事。

直到半夜时分，提莫斯才鼓足勇气举着一支刚点燃的火把向自己的家走去。当提莫斯正在帮助一个男孩处理伤腿时，从田里过来了两个男人帮他料理了祖父母的遗体。小男孩的腿应该是被剑或矛弄断了，当腿被扳直的时候，男孩疼得大叫。处理完毕，提莫斯回到祖父母的小屋，那两个人正把裹着床单的遗体放到车上。

"这里已经处理好了，但我们没有粗心到把你一个人丢在这里。来吧，和我们一起去你父母家，我们会照料好你的父母。我还记得你的妈妈，提莫斯。许多年前，在我为写信发愁的时候，是她帮助了我。"粗犷的西米恩拍了拍他的脑袋，"然后，你可以放心地离开这里。"

"你们有没有看到佩特罗斯叔叔或是我的弟弟邓肯？"

"没有，提莫斯。"詹姆斯回答道。

"我不太确定，但我听我儿子说，丹顿奶奶告诉他，在她和侄女从村西来到这里的途中，看到佩特罗斯倒在村西边河堤上的水坑里。因为没有工具，她们只能用手捧了些泥土和树叶把他简单地掩埋起来。"

"这已经足够了，谢谢你们，西米恩、詹姆斯。我替爷爷奶奶谢谢你们所做的一切。但接下来，我需要亲自照料我的爸爸妈妈，这是身为一个儿子的责任。"提莫斯这样说着，眼泪模糊了视线。

他走进家门，把目光从父母身上移开，从井里打了水，装进了皮袋。随后，他在台阶上坐了好几分钟，静静地呼吸，请求大地女神能够赐予他力量，但却一无所获。即便如此，他还是不得不继续下去。

提莫斯硬着头皮把两具冰冷的身体平放在干净的地板上，尽可能地把房间打扫干净。然后他仔细地给父母清洁身体，给他们换上干净的衣服，把房间内的物品尽量清理干净。他用围巾盖住母亲的脖子，为她梳理了长发，又给父亲整理了胡须，尽管做完这一切，他们的样子看上去并没有好多少。

广场上燃起了一个个火堆，聚在那里的人似乎可以感受到一丝温暖和安慰，提莫斯把换下来的衣服都扔了进去。然后他用井水冲了三次澡，换上了新衣服。他去问每一个遇到的人，有没有邓肯的消息，并请求他们如果有消息马上告诉他。最后他穿过村庄，一直走到森林之中，躺在蕨草丛中，精疲力竭地睡着了。

他睡了三个小时后，迎来了灰暗而温暖的新一天。人们聚集在广场上谈话，互相拥抱，商量着下一步该怎么办。放在首位的就是关于集体葬礼的提议。

　　提莫斯帮忙去找走丢的山羊和鸡，它们从坏掉的围栏里逃出来，或者是从敞开的院子里溜了出去。大多数的鸡和羊都悠闲地在果园或森林里觅食，所以很快就被重新围了起来。其他一些可能已经跑进了森林深处，也许还来得及找回来。大部分的马和牛都被当作坐骑或者是战利品掳走了。田野里有四分之一的奶牛和绵羊失踪了或是留下了被屠宰的痕迹，好在大部分还活着，在即将到来的冬季能够为人们提供足够的牛奶、肉类和羊毛。对于幸存下来的人来说，他们已经很知足了。

　　牧羊人贾斯帕温和地发号施令，他是一个头脑冷静的领导者，这让人实在有点儿出乎意料，那些迷糊的、受伤的人也愿意听从他的安排。提莫斯小心翼翼地清理着一个年轻女人腿上的箭伤，伤口是前一天晚上被发现的。当他正在干净的绷带上涂抹羽芒菊叶子捣成的药膏时，贾斯帕爬上了一个倒扣的桶，开始讲话。

　　"安吉拉在半小时前来到了我们这儿，她是东边铁匠村的杂货店主，骑着仅剩的马去伐木村寻求过帮助。很遗憾地告诉各位，那两个村庄和我们遭遇了同样的事情。她几乎走遍了周围所有的村庄。感谢大地女神的庇佑，许多偏远的农场和较小的矿井得以幸免。入侵者似乎很匆忙，他们只袭击了主路向东沿途的村庄。"

　　"据她所说，外面有谣言称我们的村庄逃过了这场悲剧。他们都觉得我们有足够的食物储备——尽管女神知道这并不是真的——所以，今天早上很多人徒步来到了这里，我们必须做好准备迎接来自四面八方的同胞。"

"在这场灾难中,我亲爱的罗丝和最小的孩子都被杀掉了,而另外两个女儿也被当作奴隶抓走了。现在我的心就像一座冰山,如果它能融化,悲伤必将像洪水般决堤。我相信你们都有过类似的恐怖经历,但我们必须坚强起来思考、工作,竭尽全力,防备自然灾害和野生动物的侵害,确保我们的食物不被偷走,还要照顾那些前来求助的人们,重建房屋和加强防御。"

"我们并不知道这些掠夺者从哪里来,到哪里去。昨晚来到这里的朋友告诉我,这些人似乎正在被追杀,追赶他们的人穿着不同颜色的军服。虽然这些信息对我们来说,并没有什么实际作用。"

"但我要说的是,多亏了安吉拉,我们才能够对追捕者有更多的了解,尽管她所说的事情有些匪夷所思,但这些人的确是在追捕入侵者并且不会惊扰村民,甚至还会施以援手。我们都知道,敌人的敌人就是朋友,安吉拉的到来让我们知道,谁将是我们的朋友。"

这番话让人们清楚地意识到,尽管他们的村子里和附近农场里都有同胞被残忍地杀害,但仍有许多幸存者,包括了集市和聚会上见过的熟悉面孔以及亲人们,他们现在很安全,并且正在向着村子赶来。

就在这时,一个人骑着驴闯进了广场。他浑身脏兮兮的,衣服上沾着烟煤、泥土和血迹。看上去神情慌乱,完全没有注意到这个村庄也遭到了攻击。他高喊着入侵者,声音急切地讲述着另一个东部路边的遥远村庄遭遇劫掠的经过。

"又有人从山上那个新冒出来的城镇冲过来了!快藏起来!他们会像上一批侵略者一样攻击我们的!快!"

这位新来的逃难者手足无措，在村民们的安抚下才慢慢平静下来，被带着去喝水休息。这时提莫斯发现只有他和另外几个人留在安吉拉和贾斯帕的身边。

"新冒出来的城镇？贾斯帕，那个男人说的是什么？"终于有人问了这个问题。

"虽然他看起来疯疯癫癫，但说的话还是可信的。与我们收到的情报一样，在攻击开始前，塞奇威山上闪过一道亮光。"

"真的吗？怎么会这样？那里除了杂草应该什么都没有！"

"入侵者一定是从那里来的！但为什么会发生这样的事？"提莫斯问道。

"不，"贾斯帕说，"那个老人提到了，从那座城里出来的人，服装和旗帜的颜色与入侵者不同。而且他还看到那些人在追赶着一个看起来像入侵者的士兵。"

这时，响起了一阵欢呼声，一群人涌向了广场的中央，男女老幼推着车，背着包袱，甚至带着一些家畜。这些来自伐木村的人们见到了亲人和朋友，彼此交流着劫后余生的感受，因重逢而欢喜，因噩耗而悲伤。

会议结束后，提莫斯继续抓着广场上的人挨个询问邓肯的消息。当他来到阿斯特丽德老师这里时得到了一个消息。

"是的，我看见他了。我很抱歉，提莫斯。他一直是我最喜欢的孩子之一，曾经是现在也是，就像你一样，你们都非常聪明。他和其他同龄的孩子们一起被带走了。"

"带走？"

"是的，被入侵者俘虏了，包括一些女人，还有一些男孩和女孩，都是那种年纪虽然不大，但可以派上用场，又不至于惹麻烦的孩子。邓肯就在那些孩子当中。我看见他被捆起来扔上了车。不过，他的精神很好，还很用力地踢了一个野蛮人的下巴。他一定还活着。这样的事情……其实在很久以前也曾经发生过。"

"很久以前？"

"是的，在一百多年前，不过那时惨剧并没有发生在我们的村庄，而是在海边，是多索尔迈特的渔村。历史书中有着完整的记载，这些没有作为课程教授给大家。入侵者们掠夺、屠杀、捕获奴隶。对于他们来讲，人和粮食、家畜、金子并没有区别，只是货物而已。"

就在这时，一个灰头土脸的女人抓住阿斯特丽德哭喊道："妹妹！"谈话被打断，而对于提莫斯来说，这些信息已经足够了。

爸爸妈妈，爷爷奶奶和佩特罗斯叔叔都死了，而邓肯，则变成了奴隶。

他感到全身上下的热血在不断翻涌，头痛欲裂。那些杀害他父母的凶手和那个骑士的容貌再次浮现在脑海里。他一定会找到他们，救出弟弟，报仇雪恨。

可是，要怎么做才能找到那些人？他不会使用任何武器，毫无战斗经验，要如何面对这些强大的仇人？

# 幸存者

总会有办法的，提莫斯想。不过，现在更重要的事，是先去救助那些活下来的人。

他负责帮忙取水做饭，从没有被洗劫的商店里找到了一些马铃薯之类的蔬菜，甚至在一所房子的废墟里发现了几罐蜂蜜酒，那所房子的主人和他的家人已经全部遇难了。所有的物品都被送到了广场上，与伐木村那边带来的面包和森林洞穴取回的奶酪一起限量发放，只有这样才能够保证现有居民和新居民的食物供给。

人们谈论的话题不断变换着，对死难者的悲伤与同情，对入侵者是否会卷土重来的担忧，而更多的则是对于现实的焦虑：如何照顾伤者，安放亡者；如何应对当天或第二天的大小事务；如何建造一个更大更好的面包烤炉，因为旧的那个已经在入侵者抓捕马匹的时候被撞坏了；如何挖一个新的烧烤坑炉；如何用收集来的木板、织物和芦苇搭建临时庇护所。这已经不单单是重建工作，而是全新生活的开始。

贾斯帕、安吉拉和其他一些头脑灵活的人坐在一起，为塞奇威山上出现的神秘城市争论不休。提莫斯手里拿着一块奶酪、一根不太新鲜的胡萝卜、一块干面包和一壶水，坐在一旁一边吃一边静静地听着。

那个惊慌失措的骑驴人是错的，更多消息证明了那座城市派遣的部队是向着海岸线进发的，那是入侵者逃跑的方向。成千上万的士兵用巨兽拉着各式各样奇怪的机器，他们全副武装，整齐有序地前进，而不是像入侵者那般没头苍蝇似的乱撞。部队已经向北行进了数十英里，从目前的情况来看，沿途的村落对他们毫无吸引力。

而且还有一件更加匪夷所思的事：另一个城市在南边的某个渔村旁突然出现。大量的士兵从那里出发，他们并没有选择宽敞的大路，而是穿过村落蜿蜒向北。那支部队带着用木头、绳子和钢铁制成的机器，驾驶着军用车马，伴随着喧闹的鼓声浩浩荡荡地行进着。他们无视周边的村落和村民，在最后一批部队出发后就关紧了城门。消息是间接传过来的，据说部队的出发时间是在塞奇威山神秘城市出现和当地村庄被袭击之前。

提莫斯整夜都在听着他们的讨论。不断有难民陆续抵达这个小村庄，带来了各自的遭遇。那些从悲伤中平静下来，既没有受伤也不觉得困倦的人正在谈论更多相关的话题，包括西边高山上突然出现的神秘高大的建筑。

"那一定是入侵者的城市。他们正在返回的路上，但不再遮遮掩掩，而是直接走了大路。"屠夫彼得分析道，很多人都表示赞同。

他们讨论着关于塞奇威山城的旧闻，那里曾经有着护城河、长长的城墙和高大的城堡。大部分人都去过那里很多次，打猎、野餐或是放牧，提莫斯也曾和弟弟与父亲一起去过。长久以来那里只不过是一座普通的荒山，非常高大，山顶宽阔平整，可以俯瞰整个平原，但也仅此而已。

提莫斯和邓肯最后一次与父亲去塞奇威山的时候，父亲也曾说这里只适合打猎或是在山脚采蘑菇。"这里岩石太多没办法耕种，如果只是为了欣赏景色就把房子盖在这里，那就必须得在农场和水源之间不断往返，这完全没有必要。我爷爷告诉我的那些关于旧城的往事听起来有些可笑。当然，如果你们喜欢的话可以来这里玩，但肯定找不到关于旧城的痕迹。没有遗迹，没有路，只有传说。"提莫斯和邓肯的确是花了不少时间想去挖掘出一些关于那座旧城的蛛丝马迹，但只在树林里收获了尘土、杂草和破石头。

然而现在，塞奇威山上的确出现了城市，很多幸存者都看到了它，仿佛是在一天之内拔地而起。那些突然出现的东西也可以突然消失，提莫斯恍然大悟，这就能够解释为什么所谓的旧城毫无踪迹可寻了。

魔法，令人生畏，又让人费解。

不管怎么说，现在那座山城里面全是人，士兵们看起来和入侵者很像，但却穿着不同颜色的盔甲，看起来也是纪律严明。曾经有两个寻找山羊的伐木村女孩在城门外与那里的人交谈过，她们遇到的人并不是士兵，穿着很普通，但衣料质地很好。可惜现在无法向她们打听更多的信息了，那两个女孩也像邓肯一样被掳走了。

大家一致认为，来自塞奇威山城的部队也在沿着海岸线的方向追赶着入侵者。这就能合理解释为什么入侵者如此慌张，不作过多停留的原因了。

但关于城市部队的动机，大家并没有达成共识。

安吉拉说："他们为什么出现在那里？必然是认为我们这里有他们想要的东西，否则为什么如此劳师动众？如果他们干掉了那些侵略者，又把矛头转向我们，我们要如何应付他们？"

"他们并没有对我们造成任何伤害，那些女孩看到他们的时候，他们也只是在处理自己的事情。他们没有对我们发动战争，他们是入侵者的敌人。就像我和你说的那样，罗伯特，"贾斯帕示意来自西边村落的一个村民，他和他的家人都安然无恙，正坐在火边吃东西。"我们姑且把他们当作我们的朋友吧，或许有一天他们另有打算，到那时再想办法对付他们就是了。目前我们没办法同时抵抗更多敌人，而且现在我们必须向那座山城里的人求助，否则我们也许无法撑过这个冬天。"

谈话和争论继续着，提莫斯则坐在原地睡着了。当他被冻醒的时候天刚蒙蒙亮，火堆还在噼里啪啦地燃烧着。一两个人静静地走来走去，还有好心人在他睡觉的时候把一件外套盖在了他的身上。他把它折好放在一块比较显眼的大石头上，便于衣服的主人取回，接着他起身去方便了一下。

太阳升起来了，天空蔚蓝，昆虫迎着阳光飞舞着、鸣叫着，大自然似乎对这场人间灾难一无所知。没过多久，人们纷纷起床，照料那些行动不便的伤者吃早餐，这些早餐也都是用昨晚剩下的残羹冷炙做成的。

锯木声和锤子的敲打声从村东边传来，人们正在使用废墟中回收的材料修建谷仓。谷仓也可以用来安置难民和无家可归者，比盖房子快多了。

提莫斯正拿着铲子挖烧烤用的坑，接着又被派去帮忙用手推车搬运石料到新的面包炉那里。虽然他们尽可能地使用旧炉子拆下来的石料，但这个新炉子太大了，材料显然不够用，有人建议从烧毁的建筑上拆石料，但另一批人不同意。两拨人各执一词，一方认为就应该从房子上拆，另一方则觉得应该让房子保持原样，未来更容易重建。因为采石场离这里相当远，就算那边有石头也没有多余的手推车可以搬运。最后，一群年轻人和女佣解决了这个问题，他们用那些坏掉的车拼凑了一辆新车，并把两头奶牛拴在车上。提莫斯加入到了运输石头的队伍里，他们沿着河流走过旅人弯道，将装满石块的车运了回来。

当提莫斯和其他人正努力重建他们的村庄时，另一批人在毁坏的果园西边挖了一条长长的深沟将死者妥善安葬，人们怀着敬畏将他们埋葬在深沟的底部，并在一块块木板上刻下了死者的名字，插在他们头顶的土地上，等到时间允许的时候，再为他们制作石质墓碑。广场旁边的橡树上钉着一块大木板，上面记录了死者和失踪者的名字。而确认死去的失踪者的名字则被划掉，加入到死亡名单中。

傍晚，人们都聚集在这里，各自向祖先或者大地女神祷告，举行着不同的葬礼仪式。

通常在葬礼之后村子里会举办餐会以缅怀死者的一生。但这次没有。即使他们想这样做，食物的储备也不允许。于是人们只好聚集在广场的火堆旁，一起哼唱着古老的歌谣。

贾斯帕和整个区域的临时委员会成员制定了一些应对现状的方案，并指派不同的人负责执行。首先，在罗伯特的指挥下向其他村庄选派搜救队，寻找遇难者，同时尽可能多的收集有用资源。提莫斯的村庄不知不觉成了区域的中心，人们陆续来到这里，至少在这个地方能过上一小段安稳的生活。

每个人都同意应该筑起一道抵御外来进攻的防护墙，但是却在防护墙的形式上产生了分歧。有些人说需要在整个村庄周围筑起完整的防护墙，虽然任务繁重但势在必行。而另一部分人则认为，与其兴师动众地建造一个庞大的防护墙，不如把村子划分成若干块，迅速围建小的安全区，再用最少的资源一点一点地完善其他区域。这样一来，就会有若干个独立的安全区，如果其中一个被攻破，人们还可以迅速逃往另一个。随着时间的推移，可以再调整防护墙打通各安全区。最终，这个村庄不仅会有一个完整的围墙，里面还会有许多独立的安全区域。人们可以从毁坏的房屋地基上开始修筑，然后再把它们一个一个连起来。经过反复讨论，这个计划被采纳了。

但在提莫斯看来，无论是物力还是人力，根本就没有多少资源可以用于建造有效的防护墙。他找到贾斯帕，担忧地说道："你也看到过那些全副武装的战马和挥舞着刀剑的士兵。如果他们用攻城车或者火攻对我们进行攻击，那些木质防护墙根本不堪一击。"

贾斯帕四下张望了一下，把提莫斯迅速拉到一边。

"听着，提莫斯，你是对的。我知道你有着你父亲的学识和你母亲的聪慧。我们都知道现实情况有多糟糕，可他们呢，那些刚刚逃亡到这里，经历过家破人亡的村民们会怎么想。虽然我们只有铁棍、粗糙的木头和深埋在地基之中的石柱能派上用场，但如果让他们就此停下，他们会不会失去生存下去的希望？"

"确实如此。"提莫斯沉吟道。

"还有，现在我们必须让他们团结起来，为了共同的目标，为了活下去而努力工作，否则支撑他们的精神力量将彻底崩塌，为了逝者、幸存者还有那些家庭，"他指着忙碌着的男男女女、老人孩子，那些坚定地完成着工作的人们，"现在所做的一切对大家都有好处。面包烤炉已经基本完成，烧烤坑炉也差不多了，蓄水箱也准备修建起来，制桶工匠们正在研究如何把桶改成大水箱。在那里，你可以看到强壮的矿工和农民，他们让孩子们照看动物，自己正在设计和建造第一道护栏。哦，在阿比盖尔和沃尔什家的老房子那边，从房屋地基的位置挖了一条通向冬季谷仓的地道，已经挖了一半了。提莫斯，源源不断的士气，专注的精神，还有努力去重建新的生活和家庭的希望，这才是现在真正的防御。等到这些结束了，将会有新的理由让我们开始更好的生活，这些也会成为我们更加坚固的精神支柱。防护墙——它们可能起作用，也可能不起作用。但是，为了同一个目标去奋斗，去养成新的习惯，去创新创造，这才是修建防护墙带给我们的真正意义。"

接下来的时间里，提莫斯思考了很多事情，这时一对父子来到了他们的村庄，儿子因为喝了路边水坑的脏水生了病。当人们忙于照顾他的时候，父亲埃德加领了一些食物和水，一边吃一边告诉了提莫斯一些有趣的消息。

"塞奇威山上的魔法之城正在招兵买马。当袭击发生时领主派来的代表正在我们村子里做宣传，他们可以提供非常丰厚的报酬，可惜那个代表和他的同伴在第一波袭击中丧生了，不过意思传达得很清楚，他们需要人，现在就要。"

"那个……领主，他为什么要招人？"一旁的西米恩挑了挑眉，问道。

"我知道的也不多，"埃德加说，"他们的宣传才刚刚开始，屠杀就从天而降了。从我所获得的信息来看，他们需要农民去种地，矿工去挖矿，还需要很多其他人，需要做的工作就是我们日常做的那些。他们承诺被雇佣的人依然可以留在自己的村子里，他们会提供丰厚的报酬，而且还会用高价来收购各种产品。他们还说那位领主拥有很多魔法，可以用来教会人们如何提高产量。"

"魔法？胡说八道。"一个胸口缠满了绷带的老妇人说道。

"信与不信随你，但你能解释为什么一座城堡和一大堆建筑能在一夜之间出现在山上吗？就算不是魔法，只要不去祸害其他人，是什么都无所谓。"安吉拉说。

"只需要农民和矿工吗？"

"不，年轻人可以接受培训，农民、矿工、伐木工和其他职业都可以。他们还提到他们需要士兵。"埃德加说道。

提莫斯向前倾了倾身子，"士兵？"

"年轻人，别觉得加入他们有什么好，"贾斯帕说。"从我们过去几天所看到的情况来看，那些士兵们都是非常残忍和邪恶的。如果他们的目标是去追杀那些逃亡的士兵，战斗一定会非常凶险。老老实实待在这里吧，不要让这个消息泄露出去。"他向这些人说道，"各位，我们现在最不需要的就是头脑发热地跑去报仇，我们的人数实在太少了。"

提莫斯和其他人都点着头表示同意。但那天晚上睡觉的时候，他发现自己已经不加思索地做了一个决定。

他不会老实地待在这里。这场灾难太可怕也太残酷，他知道自己必须要去做一些事，他会想念这里的亲朋好友，虽然不告而别让他觉得有些内疚，但他知道贾斯帕和其他人将会带领人们重建村庄开始新的生活。这里不需要他，他要去塞奇威山寻找那位领主，成为他的士兵。

然后将亲手解决那些杀害他亲人的凶手，把他的弟弟邓肯救回来。

## 塞奇威山

日落前，提莫斯带着他的全部家当——身上穿着的衣服，和挂在身上的用毛毯做成的包袱来到了塞奇威山脚下。

他给贾斯帕写了张纸条，交代了如何处理他父母和祖父母家的房屋。其中两栋没有损毁的房子可以提供给无家可归的难民，如果未来人们有了新的住所，不再需要它们了，可以将祖父母的房屋当作学校，父母的房屋改建成图书馆——这些设施他在其他地方看到过，但自己的村子里并没有。其实只要村里有需要，将这两栋房子拿去做什么他都没意见。

写完这些，他又读了一遍，觉得很满意，就把字条塞进了贾斯帕的外套口袋，悄悄溜出了村子。

离开熟悉的环境，面对未知的未来，提莫斯既害怕又觉得是一种解脱，只是勇气还欠缺了一点儿。

他穿过逐渐稀薄的森林，踏过一望无际的草原，眼前终于出现了塞奇威山。山前还有一些小山丘和河流。提莫斯脱掉衣服开始过河，他顶着衣物和包袱防止被水打湿，踏在浅水中的一些石头上，慢慢向河流深处走去，好在河水并不深，还没有没过他的胸口。颤颤巍巍地过了河，提莫斯重新穿上了裤子和靴子，在月光下冻得瑟瑟发抖。他加快了脚步奔跑起来，希望能够让自己暖和一点。当他穿过最后一个山丘时，被眼前的景象惊呆了。尽管早就知道这里有一座城市，尽管已经听很多人描述过它的存在，亲眼看到却是另外一回事。

这里曾经只有一座孤傲荒凉的大山矗立在森林的边缘，被连绵数英亩的低矮но茂盛的绿草所覆盖，一直延展到远方的地平线，仿佛直达天际，人迹罕至，孤独却又壮美。而现在，山顶和山坡上布满了高大巍峨的建筑。

提莫斯一时间无法消化这个事实。自他出生以来，他所生活的地方都很简朴自然，触目所及的也只有一些围栏里的家畜和矮小的房屋，面粉厂是村里房屋的三倍大，已经是他见过的最高的物体了。

而现在，矗立在他面前的不只是一个庞然大物——数十座壮观的建筑由小路和城墙连在一起，就如祖辈们所描述的一般，蜿蜒着覆盖了整座山脉。提莫斯盯着看了一会儿才看清楚，山下的一部分地方被开辟成农场，生机盎然，每个农场的面积都有他的村子及周边农田合起来那么大。而农场之间则是矿场和伐木场。到处都是巨大的帐篷，虽然他能看到士兵们来往其间，却依旧无法判断出它们的用途。

在曾经只有乱草的山坡上，出现了潺潺的溪水。除此之外，一堵庞大到超出想象的城墙横亘于整个山顶，墙头旗帜飘扬，一面接着一面，让人眼花缭乱。

城墙之内耸立着一些高塔，而靠近围墙中心的位置则是一扇高大的城门，深深地嵌在墙体之中。提莫斯的视线跃过围墙可以看到那些神秘建筑的屋顶。

城墙附近有一些小路，但提莫斯发现，与村庄周围的道路不同，那些路似乎在闪闪发光。

在破晓的天空下，提莫斯可以看到灯火闪耀，从高塔之上，从农田之中，从被遮挡的建筑物的窗户中透了出来，整座城市熠熠生辉。

提莫斯走走停停，不时地观察着，太阳冲破了地平线，而城市的光芒也产生了变化。整座城市弥漫着亮红色，紧接着瞬间绽放出金黄的光芒。突然，他看到了巨大的金色圆顶建筑，银光闪闪的尖塔，壁垒以及水塔顶部，镶嵌在建筑之上的珠宝璀璨夺目。还有一些他叫不上名字的东西。

提莫斯的决心动摇了。他为什么如此自信地认为自己会被这座城市接纳呢？这时他才真正意识到自己只是一个贫穷又天真的农民，对更广阔的世界一无所知。

不，不能放弃！

片刻动摇后，提莫斯下定决心，他必须尝试一下。那座城市里生活的也是人，就像他家乡的那些百姓建设村庄一样，是城市里的居民建造了这里的一切。如果这里有魔法存在，存在的理由是什么，只要他们愿意，就算使用魔法又有何不可。他需要成为其中的一员，成为一名士兵，学会战斗，找到他的敌人救出邓肯，这是他全部的责任！

提莫斯把包袱甩到了肩膀上，开始沿着长长的斜坡往上走。这条路虽然比他见过的任何一条路都要宽阔平坦，但它和家乡村子周围的路是一样的，都是用泥土填埋出来的。沿着这条路，提莫斯来到了两个农场之间。出于好奇，他走到岔路上仔细观察了一下。田地里没有任何杂草，谷物颗粒饱满。在绿草如茵的牧场上，那些牛看上去很健康，皮毛油光水滑。他走近一家伐木厂，建筑的外墙和四周的篱笆都维护得很好。伐木厂内的道路由白色碎石铺就，路面略高于四周以便更好地排水，上面还有重物碾轧的痕迹。很明显，这里经常有重型货车出入。这条道路修建得非常坚固，可以抵挡潮湿季节的侵蚀。这个时候大多数工人还没有开工，提莫斯遇到了一个男人，脖子上挂了块毛巾，看到他时还冲他挥了挥手。提莫斯也挥了一下手表示回礼，然后他快速走开，瞥见仓库里堆着许多木材。

提莫斯面前的溪水有些宽，跳是肯定跳不过去的，不过好在也没有山下那条河那么波澜壮阔。水里有搭好的木桩，又长又宽的木板搭在一个个木桩上。提莫斯注意到这些木板是可以随时被挪走的。远处，他看到一个年轻的女孩从城市那边跑过这些临时搭建的木桥，于是他有样学样，决定从离他最近的那座木桥上过河。当他走到桥中间的时候，一个拿着木匠工具的人站在对岸等待过河。提莫斯冲他点点头说了声早上好，那人也友好地和他打了个招呼，水底距河面有几英尺，几乎是垂直的呈一个"V"字形，水深超过一个成年人。如果不借助外力不可能涉水过去再爬出来。

宽阔的碎石路沿着河岸展开，和伐木场里的那条路一样，路面略高于周围的地基。路旁有一条又长又宽的护城渠被河岸挡在视野之外，直到提莫斯走近时才发现它。沟渠深浅适中，里面铺满了锋利的小石子、碎陶片和碎玻璃，底部嵌有铁钉和削尖的木桩，与山坡成一定角度。如果有人蠢到渡过小溪就直奔山坡的话，可想而知会有怎样的下场。谨慎的人则需要放慢速度，小心选择落脚的位置。至于马匹、马车和作战机器想要通过的唯一途径，就只有那些横跨溪流、碎石路和沟渠的石桥。

每一座石桥都由重兵把守。高塔下的铁门敞开着，提莫斯能看到太阳照在金属上折射出的光，这说明士兵们已经在塔顶做好了准备，随时向入侵者发射箭雨。如果入侵者真的翻过石桥,陡峭的城墙也会保护着通道,墙头两端都有塔楼,一旦铁门关闭,城墙和高塔形成合围,入侵者就会被前后夹击,各种各样的箭矢与炮弹都可以从任何一座塔楼上倾泻而下。

不过现在所有大门都平静地敞开着,来往的车辆自由通过。男人女人还有小孩,或步行或骑着驴或马,还有人用车拉载货物悠哉游哉地通过城门。这时一辆奇怪的两轮轻马车由两匹马拉着从提莫斯眼前驶过。车上站着两个人,一个驭马,一个拿剑,非常引人注目。

提莫斯看见城墙、塔底和桥上都有一些巨大的深坑。虽然许多已经被修复,但有些看起来似乎是最近才被打出来的,他无法想象能造成这种伤害的武器会是多么神奇。

他想象了一下,当这种强大的力量发动攻击时,会发生什么事呢?农场、伐木场和矿场肯定不能幸免吧?他回想起自己对贾斯帕防护墙计划的担忧,不禁打了个寒战。也许敌人主要的目标是先占领城市,如果成功,那么城墙外的农场、伐木场和矿场就会自动落入掌中。控制城市就等于控制了周围的一切。

提莫斯挑了一座石桥穿过护城渠,在遇到的第一个出口加快脚步想快点离开,他感觉一阵紧张,不太愿意面对城墙尽头的卫兵。他试着让自己看上去自然一些,但就像他自己预想的那样,完全失败了,因为在他通过第二座桥的时候被一个年龄相仿的年轻女孩拦住了。

"你迷路了吗?"

女孩的样子让人印象深刻,她穿着一件简单的白色束腰外衣,腰间挂着一条银链子,左胸前则有一枚银色龙形胸针,龙背上插着红色的旗帜。她的金色长发向后梳成一条厚厚的辫子,两耳上方分别有一根长长的白色羽毛编入发丝中,羽毛向前弯曲在额际交汇，如同小而轻的发冠停在眉毛上方。她穿着做工精细的皮凉鞋，银红两色的绑带交错绕到膝盖处。提莫斯后来才知道银色和红色是她的主人的象征色。

"嗯，是，哦不，其实我是想进城。"提莫斯涨红着脸，指了指城墙方向。

"你是说进城？但你本来可以从那里进去的。"她指着他刚刚错过的那扇门说。"你在找正门吗，穿过去下一个转弯处就是。"她一边指路一边说道，"我也要去那边，你可以和我一起去。"

提莫斯想不到任何礼貌的拒绝方式，而且他的确需要帮助。

"我叫乔伊。"女孩用眼角余光打量提莫斯。

"提莫斯。"他回答道，声音比往常要粗犷一些。

"我是一名裁缝。"女孩继续说道。

提莫斯不知道应该说什么，只好回应："哦，很好。"

"你是想来加入这个城市的吗？"

"是的，你怎么知道？"

乔伊笑了笑："第一，你的打扮。第二，你的行李，和这里常用的不一样。你应该来自矿场，或者是某个农场？"

"农场，不过不是周围的这些。"提莫斯快速说着，用手向后比了比。"是另外一个，曾经在这个地方……"接着他突然意识到他不知道如何去描述自己的过去，为什么突然来到这里，等等。

乔伊认真地看着提莫斯。"你从那些野生农场过来的？这是不是第一次有城市传送到这片区域？"

传送？什么意思？提莫斯挣扎着思考了一下，然后决定简单回答，"是的，这是我第一次进城。"

"不必担心，当一个城市进行传送的时候，简直太让人震惊了。我自己也有同样的经历，但我那时候只有四岁，年纪太小反而不知道惊讶。我和妈妈一起来到这座城市的时候，人们主动支付金子来请她做缝补。"她皱着眉头看着地面，"我有时会想，如果回到村子里会是什么样子。"然后她又开心地笑了笑，"不过你已经来了，你很快就会适应的。领主大人在加快粮食生产方面取得了一些进步，现在需要有经验的农场工人，所以有很多工作要做。幸运的是，我们的农场在上次袭击中都避免了损失……哦！对不起，"她突然用手捂住嘴，眼睛睁得大大的，"你的农场——"

"我不是想要加入新的农场。"

提莫斯的舌头有点打结，他清了清喉咙继续道。

"我，我想成为……"

"士兵？对吗？"乔伊的面容因为担心而皱在一起。

从对方的表现看起来，他似乎不可能成为他在战车上看到的战士，或从他们身边走过的那些强壮的人之一。他的身材矮小，年轻又毫无经验。

"是的，虽然可笑，但是……"

"不，我不是那个意思，你一定可以成为优秀的士兵。你会成长，变强，但那条路太艰难了。如果你结婚了，你没有办法与妻子和孩子时常团聚。你必须参与那些可怕的战争，甚至需要做一些不可告人的事情。每场战争你都可能会受伤，或是面对死亡的威胁。我的爸爸曾经也是一名战士，接受过战斗训练，结果在参战的第一周就牺牲了。这个选择太糟糕了，你为什么要选择这条路？"

"我有我的理由。"提莫斯回答道，把脸扭向了另一边，看着身边的那些墙。

乔伊沉默了一阵子，在这期间，他们穿过了侧门，然后继续前进。卫兵们看着他们，但没有反应。

提莫斯开始想象这些建筑物的辉煌之处，看着墙上和塔上那些损坏的地方，还能看到墙内的建筑。

"这座城也遭到攻击了对吗？"

"是的，这座城市是主要攻击对象，总是如此。你的村庄被攻击，是因为它位于那些人的行进路线上，并且没有任何防护，只是被连累了。"她侧眼看着他，"对不起，我并不是想贬低你的遭遇，我只是想说，战争的重点永远是城市以及周边的农场、伐木场和矿场。野生农场和村庄都是被牵连其中的。"

提莫斯思考着被称为"野生"村民的奇怪之处，这时他注意到一件奇怪的事。透过墙的顶端，他可以看到一栋建筑物的顶部，然而建筑并不完整，它的塔楼和巨大的圆形护墙都是透明的！

"哦，那是潜能站。"乔伊说。"当领主把城市和城堡建设到一定水平时，他就可以将这些潜能站转化为实体了。领主知道如何配置资源，如何向天空之神们祈祷，努力将这些建筑物变成潜能站，就像有固定的模具一样。当现有的潜能站完成后，新的潜能站就会出现，并指出下一次能量爆发可能出现的位置。"

"谁制作了潜能站的模型？"

"不知道，天空之神吧，我想。你可以问问学院里的教授。城市的所有建筑都是这样建成的，尽管有一些变成悲剧的证明，就像这一个。"

"悲剧？"

"当这座城市受到袭击,有太多的人死亡,资源量降低得太多,这座建筑就无法维持原样,或者在某些情况下可能被摧毁。除非领主用食物、木材和其他资源来修复和维护所有的一切,否则建筑物甚至潜能站都将完全消失。所有的虚拟模型、真实的砖块和木材都将溶解在空气中。目前,我们城市的很多地方都处于这样的危险之中。如果医院里的士兵没有得到治愈——这需要额外的资源——那么他们就会死亡,而且这种恶性循环还在继续。这座城市变得越来越脆弱。"

"难道一切都完了吗?"提莫斯沮丧地说。

"不,还没有。我不知道现在城市的资源状况什么样,也不知道能做什么,只有领主和他的亲信,以及英雄们才知道真实情况。然而修复工作还在进行着,农场、伐木场和矿场产量良好,因为它们并没有遭受太多攻击。还有很多士兵伤愈离开了医院,所以不用绝望。"

"英雄是什么?"

"我们现在只有两位英雄,诺维娅和伯纳德。据说领主正在试图招募第三位甚至第四位英雄的时候,战争打响了。我们还是很幸运的,我的主人说她……她的朋友,一位戟骑士队长说,依靠两位英雄的力量才维持了防御。"

乔伊所说的这一切让人非常困惑。但毫无疑问,他很快就能全部了解。他们继续往前边走边聊,走到了大门的时候,提莫斯正在描述他打伤的那个瞎了一只眼的男人。

"哦!那至少是一位皇家骑士!其他士兵是不是都称他为'阁下'?"

提莫斯想了想,"不,他们称他为'主人'"。

乔伊睁大了双眼,她追问他能记得的关于那个人的每一个细节，包括他的衣服、马鞍、剑和盔甲。

"差不多了。"乔伊说道，"但是，提莫斯……"

"怎么了？"

"我想你会听到更多关于你的冒险故事。我认为你可能打伤了侵略者的领主。我的主人需要知道这件事，并把它传递出去，你可能会受到其他人的质疑。如果我没有弄错的话，侵略者现在有理由再来攻击我们了。他们的主人也许不知道你在这里，但他一定会设法找到你。"

提莫斯的胃翻腾着，为他的村庄，为这座城市，为他自己感到恐惧。

"但到那时，我们早就走了，"乔伊说。没等提莫斯问她是什么意思，她就紧紧抓着自己的外衣，防止它沾到水坑地往前走了。"你需要穿过大门，向左走，一直走到营房。那是经过棚屋和货摊后你能看到的第一栋高大建筑物，它的外形像一个扶手。如果你真的想成为一名士兵，就去敲西边的那扇门。但我希望你先在酒馆里住几天，了解一下这座城市，在加入军队之前做好一切准备。在这个城市里还有很多其他的好工作，不会让你过早丧命。"

提莫斯不好意思地承认，即使他愿意听从这个建议，他也没有钱在酒馆付账。他看了看自己的脚，那双粗制靴子破洞了，左脚鞋底下面的钉子也不见了。

乔伊难过地朝他笑了笑，穿过巨大的城门时向卫兵们点头示意。

提莫斯整理好包袱，走近城门。门洞有三个人那么高，五个人那么宽，由铁和木头制成的门位于两侧。

他看上去一定不够镇定，因为他受到了三个卫兵的盘问。

他们穿的不是金属盔甲，而是类似款式的皮衣，肩上披着厚重的羊毛斗篷，腰间挂着剑和匕首，手里都拿着一根长长的铁矛。

提莫斯由于慌乱，没有第一时间回答问题，最高大的卫兵向身后的两个人做了个手势，他们两人都走上前去，在提莫斯身前交叉长矛形成一道屏障，把他拦在原地。在门的另一边还有另外三个卫兵看热闹，表情显得很无聊，但似乎希望能从这场节目中分散下注意力，得到一点儿乐趣。

"我说了，说明你的来意，小子。"高大的卫兵说。

"我是提莫斯，我想要成为士兵。"

"成为士兵？"其中一个举着长矛的人扬起眉毛，"像我们这样的士兵？多里安，就这个小家伙吗，士兵？我看更像是士兵的仆人。"

门两边的卫兵都笑了，其中一个鼓起掌来。"来，"他拍着手喊道，"提莫斯阁下，是吗？来，给我当仆人吧，打扫打扫厕所，舔舔鞋什么的。"卫兵们笑得更大声了。

"你妈妈怎么肯让你来？"第三个人问。"她会来找你的，只要她意识到你离家出走、逃避劳动，她就会来带你回家了。"

"我的家人都死了，先生。他们被入侵者杀害了，而我是来响应新兵招募的。我要当兵，只要我有能力，我就可以杀了他们！"

提莫斯握紧拳头，咬紧牙关，越说越激动，最后变成了叫喊。

卫兵们迟疑地面面相觑。

"我明白了。"高大的士兵再次开口，"对不起，孩子。我误以为你只是一时幻想，而不是认真并肩负使命的人。我看得出来你很有决心，而且已经没有家人了，军队对你来说是个好归宿。让他过去吧。"

卫兵们举起长矛，退后一步，提莫斯趁他们还没改变主意的时候赶快过去了。

提莫斯本以为他会来到一个开阔的地方，然而此刻他走在一条宽大的、又高又长的拱顶走廊中。走廊的墙壁和天花板上有许多洞，大约有两英尺长，两指宽。墙壁和天花板上也有细长的门，仅够一人通行，但它们的位置太高了，根本无法直接通行，因此提莫斯猜测这些门另有用途。晚些时候提莫斯才知道，即使他被放行了，依然有人在监视他的一举一动。这些监视者从窥视孔中观察他，手里拿着弓，身上挂着箭袋，而门后的滚木上放置了装满热油的桶，干草堆上铺着沥青，分别有一个人手持火把站在一旁，随时准备点燃它们。

在长廊的尽头出现了另一扇门，和入口处一模一样，更多卫兵在此把守，但没人理会他。

现在提莫斯又回到了阳光之下。这是一个广阔的庭院，比他的整个村子还要大，地面铺满了闪光的石板。庭院大概有几十米宽，向左右两端不断延伸，根本看不到尽头。而在他的对面是一堵墙，和他身后的城墙几乎一样，不过这里有三扇门。所有墙头上都能看到防御工事，这时提莫斯意识到，这个庭院虽然看起来很大，但它只是两面墙之间的一块区域。这又可以成为一个杀戮场，弓箭手和其他士兵可以将死亡箭雨洒向攻进外墙的部队。他不知道士兵们是怎样登上塔楼的，但他猜测入口在地下。这一猜测后来得到了证实——城市地下有一个迷宫，如果入侵者进到其中，可能会被放水淹死。这也是外面看到的那些溪流的另一个作用。

小溪，战壕，城墙和走廊都是这个巨大的机器陷阱的一部分。

庭院里的人们忙忙碌碌，有些人手里拿着报纸跑来跑去，另一些人站在那里，兴致勃勃地讨论着。提莫斯看到了一个六十四人的方阵，横纵各八人，接着队列分解成了四个方阵，每队十六人。提莫斯的头脑敏捷，瞬间理解了这个列阵的天才之处。它就像组装积木一样，每个战斗单位都可以组合成更大的整体，每个队列由六十四人组成，最后形成一支庞大的军队。

没有人注意到提莫斯，他从最左边的门走了进去。穿过第二道防御走廊后，他仿佛来到了童话世界，连呼吸都忘了。那些城墙让他明白，如果有必要它们也可以协助防御。不同大小和形状的建筑呈现在眼前，每一层的台阶宽到难以置信。每一栋建筑都巧妙地用铁钉和尖刺融入周围的道路和建筑之间的空隙里，看上去仿佛艺术品，但其实它们是真正的防御力量。建筑物的门口都被围了起来，门是木质的，但都用铁包了起来，非常坚固。它们也许没有外城墙那样的防御力，但可以减慢步兵和马匹的行进速度。在每根钉刺之间长着苔藓和一些开花的小植物，看上去既美丽又致命。

提莫斯又一次绝望地想到了村子计划建造的那些可怜的木栅栏。

他沿着一条大理石路继续走，避开了人群和马车，避开了骑马或牵马的人。最后他来到一座建筑前，这座建筑看起来有村子里面粉厂的两倍大。他抓着门坏朝半开的门上敲了三下，几乎就在同时，一个中年妇女走了出来，她穿着一条灰扑扑的皮围裙，戴着一条同样灰扑扑的头巾。

"是来送鸡蛋的吗？"

"不，不是，我是来应征的，我不知道什么鸡蛋。"

"哦！我想他们很快就会来的，战斗进行得很顺利，三天前另一个男孩在仓库那边走丢了。不管怎么说，他几乎是个废物，总是在办公室里盯着贾丝明瞧。我想是海伦派你来的吧？如果你会算数的话，我可以马上把你派去储藏室。你会算数吗？或者还能做点乘法？我是不是要求得太多了？跟我来吧！"她用围裙擦擦手，转身又消失在门里。

"我不懂你的意思！"提莫斯喊道，"这不是兵营吗？"

女人很快又探出头来："兵营？不，不是，这就是个棚屋。往前走才是兵营。你去干吗？快过来，还有好多事要做呢。"说完她又一次消失了。

提莫斯既疑惑又生气，他明白这个女人根本给不了他什么信息，于是他继续往前走。当他绕过一道树篱时（树篱的中央并没有完全遮住铁刺），他意识到了自己的错误。远处正是乔伊描述过的那座建筑，他是有多蠢才会弄错！这栋建筑里的士兵可没办法塞进刚才那个小棚子！

他沿着路匆匆走去，绕着建筑物走了一圈，时不时停下来抬头观察，惊叹于它的高度，七层？十层？甚至更高。他找到了入口，向守卫们走去。这一次，他只是向他们点了点头，接着就进入了一个嘈杂的圆形庭院。庭院向四面八方展开，人们在其间穿梭往来。有男有女，有士兵，有拿着文件和卷轴的人，还有推着手推车的人，车上塞满了包裹和箱子。

进门左手边的屋子里，门口有一张小木桌，另外还有七张桌子，与房间里的其他摆设格格不入。站在桌子后面的人从头到脚都穿着红色的衣服，桌子前面有一些人在排队等待着。每个队伍里大概有十来个人，体形、年龄、职业各异，唯一相同的就是他们手里拿着一小块桦树皮，与他和邓肯用来写作业的树皮一样。就在他观察的时候,离他最近的那张桌子旁的男人伸出手,从那排最前面的女人手里接过树皮,看了看上面的字,然后转身从几百个信函分拣台里取出一卷书卷。他灵巧地把它展开,快速找到所需要的信息,在树皮上抄录下来,一边咕哝着,一边把树皮递还给女人。女人接过来看了看,点点头,然后就离开了。

有人轻轻碰了碰提莫斯的手臂。

提莫斯扭过脸,看到一个老人。"小伙子,你需要到那边去取号,"老人的脸上有一道长长的伤疤和灰白的胡须,他指了指一个方向。提莫斯表达了感谢,按着老人的指点走到拱门,进入另一间屋子。屋子里只有一堆写有编号的柱子,每根柱子上都挂了许多木板,每块都有一人高,随着人们来往穿行摇来荡去。一些穿着蓝色衣服的小男孩和小女孩正在帮助来访者,不时查阅着木板上密密麻麻的字迹。提莫斯向其中一个小男孩寻求帮助,他看上去很擅长应对问题。

"我想和负责人谈谈入伍的事。"

"简单。来这边。"男孩说着,拉起提莫斯的手,在柱子和人群之间来回穿梭。"这里,"他说,停在了编号239的柱子前,然后开始翻转木板。"人力资源……军队……招募……哦,在这里,军队……步兵……找到了!"

男孩把手伸进系在腰带上的皮包里,取出一支铅笔和一片树皮。他在树皮上用蓝色写下他刚刚读出来的单词,后面跟着"239",最后抄了"N厅,65",这串字和"步兵"曾一起出现在黑板上。"N厅是因袭击而暂时关闭的大厅之一,所以你必须在进门的大厅里找到书记员,他会帮你确认新的大厅编号。"

"书记员?我——"

"就在你刚刚出来的那个房间,身穿红色衣服的就是书记员。"

说完这些话,男孩递出树皮,眼含期盼。

提莫斯接过树皮,然后为自己没有东西可以作为酬劳而表示歉意。

"好吧,但你会记得回来还我钱的,是不是?要知道,我们这种见习档案员也得吃饭呢。四分之一面包或是现金都行,我知道像你们这种新兵不会马上拿到工资。我叫吉拉姆,你可以把面包或钱交给这里任何一个人,他们会转交给我的。"

提莫斯承诺了吉拉姆,然后回到入口大厅排队,很快就轮到他。

书记员找到了合适的书卷,在树皮上重新写了一些字,然后还给了提莫斯。新增的内容是红色的"J161"。

"这是什么?"

书记员回答道,"J厅,161号房间是今天征兵的房间,往那边走就是。"然后向下一个人点点头伸出手来。

提莫斯道了谢,找到了另一个院子。在分别询问了另外两个人后,他终于来到了J厅4楼161号房间。这是一扇普通的木门,门敞开着,可以看到一个女人在书桌前写字。这里没有其他人,四周好像突然安静了下来。

"来了就进来吧,"女人头也不抬地说。

提莫斯深深地吸了两口气,然后大步走了进来。

"您好,我是提莫斯——"

"你想成为一名士兵。嗯,我们需要更多士兵,一直都需要,毫无疑问。再说一遍名字?"

又问了一些问题后,女人说道,"来,让我看一看你。"然后她站起身来,花了10分钟检查提莫斯的眼睛、耳朵、嘴巴、鼻子,还用一个奇怪的管子在他胸前听了听,指挥他做出各式各样的动作,同时在羊皮纸上做着勾选。

"女士,您能告诉我在哪里可以找到领主吗?"

"领主?哦,不,你现在见不到领主。来,右手……谢谢……握这个球。想见领主?不可能。这座城市里大概有20万人,也许更多。除非在他做公开演讲的时候,你能看着一个小黑点,或者说你在城堡中一直闲逛下去,直到你偶然遇到他。来,左手。"

提莫斯懵了。20万人?他的村子里只有150人!

她停了下来,透过窗户往外看,他突然从她的侧脸看出她是多么疲倦。"不过,也许已经没有这么多人了,许多人死于防御战和城市重建过程中。也有人被派去调查遗迹,因为我们已经有一个多世纪没有传送到这个地区了。大批士兵仍在远征中,按照国王的要求协助领主绘制区域地图。所以当遭到攻击时,这座城市的防御其实只是一副空壳子。不过对于远征的士兵来说可能是一件幸运的事,因为他们不会像守军一样被屠戮。另一方面,敌人的军队并不强大,所以传送到这里让我们的死伤数量也变少了……谁知道呢。侵略者好像知道我们的军队力量有所减少……抱歉,让你听我这么唠叨。"

女人摇了摇头,拿起一根针,抓住提莫斯的手,灵巧地一挥,刺破了他的大拇指,然后在一块薄薄的石英上沾了一滴血。接着她把石英放在一个小洞上,这个小洞是在一张小桌子上凿出来的,桌旁还有一面特别低的窗。桌子上摆着金属和木制的管子、轮子和滑轮,桌子底下则固定着一面弯曲的银镜,当她把支座倾斜到一定角度时,银镜折射从窗外照进来的阳光,阳光穿过小洞,照亮了半透明的石英。她看上去很满意,不停地转动轮子来调整滑轮。阳光最终照在其中一根管子的底部,管子正下方就是石英片,她从管子向下观察着。

"你能告诉我为什么士兵们都在战斗吗?为什么我的村子会被入侵?"提莫斯问道。

"嗯,这似乎已经足够清楚了。"女人仍然盯着管子,嘟囔着。

"我很抱歉,但我一点也不明白。"提莫斯说,他开始感到不满,对迄今为止遇到的所有人对待他的这种散漫的态度。

"什么?"女人惊讶地抬起头,"哦,对不起。我是说你的血液没有疾病。你来自这里的一个村庄?你不是我们的居民吗?啊,侵略对你来说一定很可怕。是的,入侵者很可怕。他们袭击村庄是为了掠夺资源,并削弱敌方力量。如果你从未到过城堡的话,所有这一切令你很困惑吧。"

"是的,直到最近几天,我才听说了城堡或士兵之类的东西。"

"啊,好吧,你一定有很多问题。我想,这需要一点儿解释。"她眯起眼睛思索了一下。"你看上去是个聪明的年轻人,你最好尽快把事情搞清楚。我没有时间解释,而你恐怕也不可能从普通士兵那里得到多少可靠的信息。显然你需要一位教授。让我想想,最好是老玛丽夫人。"

"教授?"

"对,她是一位教授。"她一边说一边在纸条上写着,没有意识到提莫斯的困惑。"你很好,很健康。把这个送到S厅的杰拉尔多那里。不对,是T厅,他今天在T厅,一楼右边第一个门。他会把你的衣服和床铺收拾好的。"

这次提莫斯不用问路就找到了正确的房间。杰拉尔多是一位和蔼可亲的退休老兵,虽然一瘸一拐的,仍然骄傲地穿着士兵制服。他量了量提莫斯的身形，一边哼着歌，一边拿出来两套衣服。

"嘿，杰拉尔多，这是最后一批制服了。"当杰拉尔多正在打包衣服的时候，一个肥胖的中年男人喘着气走了进来。他推着一辆手推车，上面放着三捆衣服，接着他气喘吁吁地把衣服放到柜台上。"这些东西与其说重，不如说是又蠢又笨。"

杰拉尔多停下手中的活儿，熟练地把它们堆到身后一个又宽又矮的架子上。

中年男人没有理睬提莫斯，而是把胳膊杵在柜台上，用袖子擦着额头上的汗水。"杰拉尔多，辛蒂亚告诉我，她从马厩管理人那里听说，仓库现在必须重建到基本水平。除非领主能够修复城墙、塔楼和要塞，不然仓库无法升级。看来你要被困在这里很长一段时间了。"

杰拉尔多皱起眉头，然后耸了耸肩。"啊，好吧，哪里都好，对我来说都一样。这是我明天早上需要的东西。"他从柜台下拿出一张单子，递给中年男人。男人推着手推车出去了，车子嘎吱作响。

"喏，"杰拉尔多说着，把捆好的包裹递给了提莫斯。"安妮会把你带到营房去的。"然后他叫来了一个七岁左右的女孩，嘱咐提莫斯跟着她走。小女孩唱唱跳跳，很是活泼。

提莫斯的营房在一栋方形建筑中，四面环绕建成，正中央是一个庭院。提莫斯的宿舍内有六十四张床，只有最里面的两张床边上的衣柜门是打开的，其余的床都能看出来已经有人在使用了。提莫斯选了两张床中的下铺，放下东西，疲惫地坐了下来。

现在，他是一名士兵了。

## 城中生活

过了一会，提莫斯被人喊醒了。

"你，就是你！谁让你在这偷懒的？你的制服呢？"

声音的主人是一个长相凶恶的士兵，蓄着短须，一脸怒容，穿着皮革和钢铁制成的铠甲，巨剑用粗大的金属链缠在腰间，身上还罩了一件斗篷，上面挂满了徽章和丝带。提莫斯差点被他的怒吼吓死。

"喂，怎么不说话？要我给你两下子吗？"

提莫斯找回了自己的声音，结结巴巴地解释着。

"我明白了，"那人说。"好吧，你最好赶快穿好衣服，然后到厨房找顿饭吃，就说是达兰尼斯让你来的，对，我就是达兰尼斯，军士教练官，负责这里所有人的大小事情。"

"你是领主吗？"

军士教练官仰头大笑，"不，我只是你的老板的老板的老板！"

提莫斯等待着解释，但并没有下文。

达兰尼斯又轻轻笑了一下，摇摇头。

"你来得太晚，没去过练兵场和马厩。换上制服去转转吧，注意远离麻烦，也别招惹是非。"

说完这些，达兰尼斯从侧门离开，又留下提莫斯独自一人。

于是他换上了制服，努力回忆并记住每一个他见过的士兵，接着去厨房找吃的。厨房已经歇工了，不过留守的厨师很乐意给他一些面包、奶酪和石榴汁。

饭后，提莫斯在城市里逛了起来，他走了很远，但还能找到回营的路。城市内建筑的规模和数量令人吃惊，许多建筑的用途他根本猜不出来。人们正在木材和铁料供应站忙碌着，把木材、料石、绳子和滑轮装到牛车上，拖到正在搭建脚手架的地方。石匠们收集并利用碎石块，木匠们叫喊着，又锯又锤，修补着建筑框架。提莫斯看到了马厩以及达兰尼斯提到的练兵场。士兵们穿着各式各样的盔甲，演练阵形、举重锻炼，手持木剑进行模拟作战。尽管他的新衣服和靴子磨痛了身体和脚掌，他还是兴奋地找到了竞技场，在那里花了很长时间看着不同年龄的人练习射术，拉弓，向靶子射出一支又一支的箭，这让提莫斯觉得很有意思。竞技场附近也有马厩，内部还有一块场地，骑士正在里面演习。他们手握长枪，试图将对手击落下马。提莫斯希望那些枪头是钝的，但从远处望去，这似乎是真刀真枪的比拼。

远处是悬崖峭壁，隐约可以辨认出建筑物的轮廓。这时，提莫斯震惊地看到一个巨大的生物从悬崖上飞了起来，在空中盘旋，上下翻飞，画出一道圈形的轨迹。它飞得离提莫斯越来越近，来到了他的头顶上方。虽然午后的太阳很强烈，只看得到它黑色的轮廓，但他仍然可以看得出鼓起的翅膀、弯曲的脖颈和长长的尾巴。这是一条巨龙！提莫斯倒吸了一口气，他简直不敢相信自己的眼睛。这是一条真正的龙，就像小时候母亲和祖母给他讲的故事里的一样。龙拍打着翅膀向东飞去，越飞越高，直到变成一个黑点，消失在提莫斯的视线中。

提莫斯继续着他的探险，发誓要尽快找到能够更近距离观察悬崖的方法。他时不时回头望向地平线，希望能够看到另一条龙。最终，他觉得累了，就返回了营房。

嘎吱一声，门被他拉开了。房间里大约有几十个人，一些人互相帮忙换下盔甲，另一些人则躺在床上，聊天，读书，或是闭目养神。人们谈话的声音很大，还夹杂着笑声。提莫斯还听到了一些关于今天比赛的讨论，胜利者夸夸其谈，失败者找着理由。

一个年轻人注意到了提莫斯，高兴地喊他过去。

"你就是新来的？我是丹尼尔。"

在接下来的半个小时里，提莫斯把自己的故事反复讲给其中一些人听。丹尼尔和与他交谈的那些人对他都很友好，其他人则对他并不感兴趣。谈话中，他们告诉他关于其他兵营的事，包括关押的人与隔离的人，还解释了那些他所见过的建筑物的作用，并描述了许多他没有见过的建筑物。

"这座城市很快就会变得比被攻击前更强大。"丹尼尔说。

"不过，人们对这种可能性持悲观态度，"坐在对面铺位上的一个大块头说，"损失太大了。"

"胡扯，"丹尼尔笑着说，"你是瞎了还是聋了，我刚刚还告诉提莫斯，修复工作正在进行，勇敢的战士们在医院里接受治疗。如果没有资源，那将什么也不会发生。但卡尔弗登大人可不是傻瓜，他会削减开支，保护值得保护的东西。"

"也许吧，"大块头皱着眉，"不管了，该学习了。"他说着站了起来，从床下拿出一本书。

"来吧，"丹尼尔对提莫斯说，"我先送你去上新手课，然后再去上我自己的课。"

接下来的两个小时是在一间毫不通风的大厅中度过的。提莫斯虽然不是最年长的,但这里的大多数人都比他年轻,而且似乎对这座城市很了解,他敏锐地感觉到自己的无知。他猜想他们一定来自这座城市,而不是其他村落。

第一位导师快速地描述了这座城市及周边的事物,在此期间,其他新兵都在聊天,仿佛这是一堂不重要的课。导师的语速非常快,夹杂着浓重的口音,以至于提莫斯根本没听懂多少内容。不过他还是了解到,周围的农场、磨坊和矿山都归属于这座城市,由住在那里的人和城市中派遣过去的人共同管理。他看到的大帐篷要么是军用帐篷,要么是医疗帐篷,伤员在战斗中或战斗后将被送往那里。

另外一个凶狠的年轻女导师要求他证明自己的阅读和写作能力(于是他被要求朗读一个育儿故事,并给收费处写一封短笺)。当她觉得满意了,就开始对全班进行讲话。

"我们的第一份报告称,该地区相当安全。虽然附近有几个村庄,但其中的大部分在过去几天被我们的敌人袭击了,所以和他们做生意没什么意义,因为他们没有什么可以交易。"

这些话提莫斯觉得很不舒服。

"但好消息是,因为附近没有其他城市,入侵者已经离开了。我们的部队仍在侦察和清理被遗留在战场上的敌方士兵。有趣的是,我们的士兵还没有在附近遇到任何怪物。"

"为什么没有怪物呢,老师?"一个脸上脏兮兮的男孩问道,他的身上还穿着一条脏兮兮的军用围裙。

"不知道。他们可能是被另一个领主消灭了,更有可能是在过去的黑暗时代中被某个大联盟消灭了。出于某种原因,这些家伙再也没有办法回来。平原三面环山一面环海，尽管它很广袤，天然的地形却保护了整个地区不受野生动物和半人马等怪物的破坏。"

怪物？什么怪物？

提莫斯很想提问，但已经没有时间了。接下来他们被要求学习基础数学，练习计算能力。

当全部课程结束时，提莫斯已经精疲力竭了，他拖着疲惫的身体回到营房，从后门进去，倒在自己的铺位上。一些人在玩牌，一些人在看书，还有一些人在小声聊天。提莫斯觉得天旋地转，不到五分钟就睡着了。他梦见了无形的怪物。

第二天清晨，提莫斯是被一个可怕的声音惊醒的——庭院里的铜骨号角中传来低沉又响亮的声音。他和其他人一起从床上跳了起来，大部分人对着那个拿着号角的人呻吟着或大骂到"快停下"，甚至还有更难听的话。当号角声停止时，提莫斯才发现城市的其他地方也在响着同样的声音。

和几百人一同排队领早餐，然后和丹尼尔一起跑去餐厅抢桌子——这些事情令人既新奇又兴奋，也是他经历过的最吵闹的事情。每个人都狼吞虎咽，大吃大喝，再狂笑着奔回营房。在邻床大块头阿尔特的帮助下，提莫斯全副武装，浑身上下发出声响，行动也受到限制，明明是清晨，却已经感到闷热。然后提莫斯和其他人一起向练兵场出发，他努力让自己跟上别人的节奏。

提莫斯和其他大约二十名新兵分到一起，在剩余的时间里经历了汗流浃背、皮肤擦伤、磨出水泡，还要忍受剧烈运动带来的痛苦。农场生活给了他健壮的身体，但对于肌肉的使用方法是完全不同的：穿着盔甲转身行动，挥舞沉重的木刀和枪，上马下马——之前他也有试过骑马，但农场里的马并没有这么高，也没有穿披如此沉重又坚硬的铠甲。这中间他跌倒过一次，还有几次险些摔倒，并经常受到其他新兵的突然袭击，不时还有人小声指挥他去袭击其他人。整个训练期间提莫斯一直处于紧张又期待的状态。

太阳下山时，他们终于解散了。提莫斯迷迷糊糊地往回走，听着别人谈论着美味的午餐，而他则错过了午餐发放的时间。这时，他感到有人在他背上拍了一下。条件反射般地，他扭住那只手并向上举起，试图将这次接触变为新一轮模拟攻击的开始。

"嘿，提莫斯，是我，丹尼尔！今天过得还好吗？"丹尼尔笑着问，"别担心，你会适应的。很快你就可以和最棒的战士们一起战斗了。"

提莫斯对此不太确定。洗澡的时候他注意到自己身上有许多瘀青和擦伤，他想，也许现在这一切都是一个巨大的错误。他应该回到村子里去，然后……然后又能怎么办呢？

很快，一个星期过去了。每天都一样，训练、洗澡、换衣服、排好队准备吃晚饭。今晚没有学习安排，所以他很高兴地接受了打牌的邀请。关于打牌，他不仅知道怎么玩，而且可以说是十分擅长。与以往不同的是，虽然伴随着笑声和善意的玩笑，空气里无形中充斥着紧张的氛围。他之前看到他的父亲和祖父与朋友赌博的时候，只是用白色的鹅卵石作赌注。而这里的赌注是真实的钱币，每个人面前都有几堆铜板和几枚银币。

"抱歉，我很高兴你邀请我，但我没有钱。"

"哦，小伙子，告诉你，这周末是发薪水的日子。"一个上了年纪的人说，他是一名铁匠，准确地说是铸造厂厂长，杜兰特。"我可以借你一些，发薪水的时候还给我。你觉得怎么样？"

提莫斯看到有人翻着白眼表示不屑，他决定不能示弱，于是同意了对方的提议。他们决定了一笔易于偿还的小数目，然后游戏就开始了。

提莫斯输了几把牌和几枚铜币后，热身完毕，也不再觉得害羞，在新朋友的鼓励下，他开始转败为胜。赢了一次又一次后，他意识到这些人并没有那么强，还会犯一些小错误，酒精在他们身上的作用对他也很有帮助。他自己也喝了一杯，是杜兰特递给他的。虽然他并不喜欢那苦涩的味道，但他感觉到了温暖和放松。他向厂长申请更多的借款，并且签署了一些附加条款，虽然他不太理解，但其他看上去很聪明的人向他保证，考虑到提莫斯的运气和牌技，这对他是有利的。杜兰特心情愉快，而且慷慨大方，在其他人开局的时候还会押注。"我的收入不错，在座各位并没有多少钱。但他们没有必要因此错过所有的乐趣，他们都是勇敢的小伙子，他们冒着生命危险为我们的领主和城市而战。"他说道，对所有人眨了眨眼睛。

提莫斯又喝了一杯酒，感受着与这些新朋友之间的友情。不，是他的新家，正在逐渐形成。这时他发现自己处于很微妙的情况中，这一轮只有他和厂长留下了最后一张牌。

"哦，女神保佑，你的手气一定很棒，从你那傻笑就可以看出来。"杜兰特皱着眉头说。"现在，让我们看看吧。我自己的牌也相当不错，所以，我敢打赌你没有足够的实力打败我。你的好运不可能永远持续下去。"他摸了摸自己的下巴，提莫斯在此之前已经注意到，当杜兰特不确定的时候，他就会这么做。

提莫斯想了一会儿。"全押！"他叫道，把他那一堆铜板和银币推到桌子中央。

"提莫斯！——"

"别插手，丹尼尔。"杜兰特说。"男人已经长大了，可以参军、打架、喝酒，还可以打一两把小牌了，对不对，先生们？"他环视了一下桌子。有一两个人点了点头，提莫斯看到有两个人没有和杜兰特对视，丹尼尔则在远处怒气冲冲。

"而且现在也晚了。"杜兰特说，"钱已经推进去了，赌注生效，是不是？现在不能收回了，这是规矩。"他数完提莫斯放进去的钱，从自己的钱包里数出同样的数额放了进去。

提莫斯得意地拍出了他的牌。七张黄蝴蝶，四张混色龙和一张五马营。

厂长盯着那把牌看了看，又看了看提莫斯，然后他慢慢地笑了笑，放下了自己的牌。"我有一张五马营，和你的一样，只是我的是绿的，而你的是红的。我承认，这张我输了。那么，我还有什么？"他接着摆出十一张军蚁——六红五黑——得意地笑了。他把桌子上的钱都刮到钱包里去了。

"好了，现在，年轻的士兵，你的第一份薪水中欠了我很多钱。多少钱，丹尼尔？"

丹尼尔算出总数时吓了一跳。提莫斯沮丧地听着，意识到他的第一份薪水里只剩下23个铜币——天知道还会有什么其他的开支。他要是能剩下几个硬币就好了。

"当然，还不包括附加部分。你打算怎样还清那部分债务？"

"什么附加部分？"

"这个，"杜兰特说着，用他的胖手扇着五张纸条。"你签的附加条款，一共是69银币18铜币。"

"可是……那可是好几个月的工资啊！"

"行了，杜兰特。"阿尔特说。"提莫斯是第一次，他——"

"住嘴，阿尔特。"杜兰特说着站起身来，眯起眼睛。"这是规矩，也算给他上了一课，不是吗？不然你们谁还有更好的解决办法吗？"他环视四周，大家都安静了下来。"就这样吧，提莫斯，你有两个选择。你可以把前六周的薪水全部交给我，或者你拿到薪水后，一半付给我，剩下的一半在你每天接受培训和学习后，来铸造厂工作。时间由你来决定——反正炉子是没日没夜地烧着。"

丹尼尔靠近双手抱头的提莫斯："你不能把六周的薪水全交给他，我们还有一些日常开销。伙食住宿，虽然不多，一早就从工资里扣出去了。伤病基金，这虽然不是强制的，但也算是强制的，要知道，受伤或生病是无可避免的。盐——你必须在食堂买盐，你不买，他们就一点都不放，但我们日常必须要吃盐，虽然它很贵。最后除了剩下几个铜板来喝点啤酒、葡萄酒或是赌博——女神知道我们都需要赌博——每个人的工资都所剩无几。结论是，你必须在晚上为杜兰特工作。"

"说得好，丹尼尔。"杜兰特接过话题，"那就这样吧，提莫斯，从明天开始。吃完饭就过来，我知道明天你们没有授课。"

说完这句话，铸造厂厂长大步走出兵营，留下一阵令人不安的沉默。

"杜兰特还会想办法增加欠债，至少是利息。"阿尔特皱着眉头说。

在听了丹尼尔和其他几个人的安慰之后，提莫斯上床睡觉了。他试着阅读导师借给他的那本关于历史和政治的书。第一部分读起来更像一个传说而不是一段史料。

第一任国王特里德尔是龙与天空之神的后裔。当他被一些心怀不轨的贤者们任命为国王后，他得知了著名的龙之宝藏。

然而，这些所谓的贤者只为一己私利，并没有把国王的利益放在心上。他们渴望的不是金银珠宝，而是宝藏中古代天空之神的知识。他们施加了一个强大的咒语，令国王为了追寻宝藏可以牺牲一切。事实也是如此，他无视一切，包括他的两个儿子，巴尔德尔和霍尔顿。最终特里德尔被巴尔德尔推翻，而巴尔德尔却差点被他的兄弟霍尔顿杀死。特里德尔对财富的渴望也传达给了他们，但正义胜出，巴尔德尔拒绝接受。霍尔顿被驱逐了，但他仍然与邪恶势力合作，直到今天。

接着是一章又一章乏味的王公贵族世家和战役介绍。即使在一般情况下，他也很难理解，尤其当他在这么难受的情况下，在他眼中这些文字在书页上飘来飘去，根本看不懂。

提莫斯好不容易睡着了，然而只过了一个小时他就醒了，他感受到关节僵硬，肌肉酸痛，根本无法安睡。

他该怎么办？训练对他来说太难了，到目前为止，他的学业要么是像写作和数学那样简单到愚蠢，要么是像历史和政治那样出奇地难。而他刚刚适应新环境，却又莫名其妙地被剥夺了几个月的生活费，在完成沉重的培训和辅导之外，不得不工作几个小时到深夜，为一个既不随和又不慷慨，甚至是最冷酷的雇主工作，一个冷漠的、坏脾气的、会吞掉他每一块血肉的人，阿尔特强调需要万分提防他。

可提莫斯别无选择，只能继续留下来。提莫斯坚持着训练、学习，在铸造厂工作了六个星期后，似乎还没有还清债务。而当几个月过去后，他的债务总额依旧没有变化。

铸造厂是一个巨大的建筑群。第一天晚上，他开始帮助装卸一台磨石机。磨石机由铁齿轮和轴承组成，需要两匹马驱动，每匹马绕圈走上三个小时后被替换下来。铁矿石被夜以继日地从矿场运来，投入到巨大的锥形金属机器，机器内装有厚厚的刀片，石头被打磨成鹅卵石子。小石子依次从一个小洞掉落到两片花岗岩石磨之间。当石磨反向运转时，石子变成粉末，从中间的洞掉落下来。它就像提莫斯村的谷物磨坊一样，唯一不同的是，需要由提莫斯和其他人手动操作，把装在小车里的红色石粉沿着轨道推进锅炉房。

锅炉房内，石粉被投入数以百计的大小陶瓷坩埚中，坩埚下面燃烧着木炭和煤，巨大的风箱在不停地吹着。数不清的步兵轮班守在这里，每 50 分钟一轮，作为力量训练的一部分。

每个锅炉房都有很多人，有男有女，就像蜜蜂围着装满蜂蜜的蜂巢一样在熔炉周围忙碌。当矿石从红色变成柠檬色，再融化成明亮的金色和白色时，他们会把矿渣和石灰清理出来。一旦颜色正确，就会有两个人各拿一把火钳，把发光的坩埚从熔炉上拿下来，放置在带有横把的金属托架中。接着另外两个人把托架抬起来，把里面的东西倒进模具。有些模具是盒子形状，里面塞满了湿漉漉的沙子，顶部有几个洞，铁水会被倒进其中一个洞里。另一些则会倒进陶罐中，或是由金属条捆在一起的两块石质模具内。有些模具则是顶部大开，直接倒进去即可。模具中可以生产出许多种物品，在空气、水或油的作用下缓慢或快速冷却。有些是日常用品，有些是城市需要，有些则是武器：连枷上的铁球、狼牙棒、马镫、回形针，马用的，马车用的，厨师用的或是建筑工人使用的物品，等等。

过了几个晚上，提莫斯从矿车上被替换下来，去协助破模工人。直到那时，他才意识到，熔炉的操作远比他在手推车旁看到的要复杂得多。

许多开放式模具是用来生产砖块大小的铁坯。这些铁坯并不是最终的成品，而是要二次熔炼并铸模深加工的原料。在隔壁房间里，离门最近的熔炉上的坩埚是用于制造初级铁制品的：锅、栏杆、钉子。另外的三排熔炉，身穿红袍的女人会从肩上的背包里小心翼翼地倒出一些粉末，用勺子舀进坩埚，每排坩埚都配置了不同的量器。与他不同的是，一旦这些坩埚放在熔炉上，火苗就会上升，配剂师们需要盯着每一口坩埚，当金属呈现正确的颜色时，表示温度合适，她们就会示意旁边的人把坩埚从炉上取下，把铁水倒出来。

提莫斯的工头是一名七十岁左右的妇女，名叫贝丝，只有一只胳膊，脸上有一道难看的疤痕，眉毛和大部分头发都不见了，右眼则永远紧闭。提莫斯来的第二天，她注意到他在注视配剂师。

"他们正在添加一种化合物来改变铁，让它富有弹性，就成了钢。看，他们会把这些铁水做成铁块、铁棒或薄薄的铁板，都是一些半成品。然后会由铁匠将它们加热到可以铸造又不会融化的程度，再把它们铸造成需要的形状。粉末越多，钢的强度就越大。那边那一排，所有的铁都将被锻造成普通的剑和匕首。这些都是普通程度的好钢料。"

提莫斯看着钢坯从窗户运进了隔壁的房间。

"进程越久，钢铁就越好。但超过一定程度，它反而会变脆，所以每次都要保持平衡。在工厂另一边的建筑中，他们还会添加山核桃树叶和钒，有时甚至是秘银。"

"我可以去看看吗？"

"休息的时候当然可以，不过不要碍事。"

因此休息的时候，提莫斯抓起一些火腿面包和一杯羊奶，走到另一边去观察了。

这里只有少量的熔炉。工人们的动作越发缓慢小心，行动也更加复杂，他们集中精力，不断地互相检查和纠正。

这里的配剂师是穿着不同颜色衣服的女人，她们的工作看上去像是科学和艺术行为。穿着黄边红袍的人似乎都用了同样的粉末。但是，每次在添加粉剂之前，她们都要讨论时间和用量。一旦钢水变成某种颜色，身穿蓝色长袍的女人就会加入一些肉眼几乎看不到的东西。

还有一些坩埚的处理方式完全不同。同样是身穿红袍和蓝袍的女人们把粉末加入到坩埚的冷坯中，但测量用的勺子要小得多，然后她们还会加入沙子。身穿蓝边绿袍的女人参与了讨论，测量山胡桃叶的大小，再仔细斟酌用量。然后她们在坩埚上面加上盖子，用湿黏土密封。当坩埚放在炉子里时，黏土几乎立刻就干硬了。

在早班结束时，提莫斯走近了贝丝。

"那些穿蓝袍子的女人是谁？他们也添加了一种化合物，很少，只有几粒，都没有我在鸡蛋上放的盐多。"

"钒化合物，"她说。"是的，只需要一点点就很管用。骑士和步兵队长的剑都是用这种材料制成的。"

"那用树叶封住的坩埚呢？加热的时候为什么不会爆炸，不会把封泥弄破吗？"

"你是个好奇宝宝，对吗？"贝丝看了他一会儿。"好吧，告诉你也无妨。被树叶封住的坩埚内都添加了气体，把坩埚密封以防止内部气体流出或外部空气进入。不这样做的话，所有的添加物都将被破坏，而制造出的金属也毫无特色。这些坩埚有释放压力的独特方式，不必担心。这种方式制作出来的钢会很特别，特殊的处理让没有魔法的钢材也可以展现最漂亮的形状。刀片将会更锋利、更坚韧、更灵活,而且刀刃的使用寿命更长。"

"哦,就像皇家骑士的剑?像刀刃上的银色和黑色印记?"

"是的。每种颜色都有不同的特性,包括硬度和柔韧性,适合制作最完美的刀片。钢铁是最好的非魔法材料,它的内化结构令它的美无与伦比。它的质量和艺术价值很高,因此价格不菲。这就是为什么精钢只适用于精锐士兵、公会主人和富商。最好的剑都是用它们雕刻的,镶有珠宝,和一间小屋的价钱一样。"

"那秘银呢?我没见过。"

"你当然没见过,年轻人。那是在楼上的房间里制作的,我也从未见过。你也别想进去看看,警卫们看守非常严格,那些用秘银等材料制成的武器、铠甲和头盔被贤者们反复祝祷,它们不适合你我这样的人。他们能给主人带来魔力,真正的魔力。只有领主才能拥有这些。"

"什么样的魔力?"

她向周围看了看,小声说。

"你是一个与众不同的孩子,别问了,现在就走吧。看看你的这些问题,并不是所有人都像我这样轻易回答你的问题,因为有些人是管不住自己的嘴巴的。我本不应该告诉你那么多,只是……你让我想起了我的孩子,他在上次与大和人的战争中牺牲了。"

他们身后传来一声喊叫。"你们两个在聊什么?贝丝,雇你来可不是让你光站着说话的。而你,提莫斯,你可是连报酬都没有!"

杜兰特被自己的冷笑话逗乐了,但接着他眯起眼睛,开始踱步。"我听见你们提到秘银了对吗,贝丝?我想我没听错,但你不应该讲这些,真想把你的舌头缝到后脑勺上,老太婆。"他挥动着他的锤子说道。

"我——"

"她在跟我说她儿子的事。"提莫斯直视杜兰特。

"没叫你说话,小家伙。"杜兰特说。"你们俩最好别谈论关于铸造厂的秘密,否则你们都会遭殃。不只是你,提莫斯。现在,因为这件事,你需要去抢锤了,去替换肖恩吧。"他说着,用大拇指指向旁边大厅的入口处做了个手势。

提莫斯向贝丝道了谢,贝丝则感激地点了点头。接着他就去了他的新岗位报到。两个强壮的男人站在铁砧旁边,其中一个就是肖恩。他们倚着手中的长柄大铁锤站着,铁锤的锤头杵在石板地上。汗珠从他们赤裸的手臂上滚落下来,他们的脸涨得通红,皮围腰上布满了褶皱。几步开外,一个铁匠正拿着长长的火钳在熔炉里烧着什么。风箱由训练有素的士兵操作,把炭火吹得正旺,似乎要把提莫斯的眼睛烤化了。铁匠把火钳从火里抽出来,上面钳着一块发光的钢坯。他翻转了一下火钳,把钢坯"砰"地摔在了铁砧上,点头示意另外两个人,他们就开始轮换交替着用铁锤砸着钢坯,落锤节奏和铁匠点头的频率一致。铁匠把钢坯前后拉动着,时不时再翻转一下。钢坯开始变薄,伸长,直到变成暗红色,这表明温度不适合继续锻造,就又被放回炉子,而两个抢锤的人也可以放松一下。提莫斯走到了肖恩身边,他是杜兰特的首席学徒,也是他的侄子,很有希望能在未来接替叔叔的位置。

"我是来换班的,肖恩。"提莫斯说着,但因为周围的锻造声很响,肖恩耳朵里塞着布,此时铁匠正好从火炉里拽出钢坯,肖恩专注于铁匠的动作,根本没听见他的话。因为靠近危险的钢坯,提莫斯有点慌张,他抓了肖恩的手臂,肖恩惊讶地抬起头来,而这时钢坯正好放在了铁砧上,肖恩左手的指关节擦到了炽热的钢。他嚎叫着跳开了,弯下腰来,握着他的手。铁匠立刻放下钳子,抓住肖恩的手,把它塞进铁砧旁边的一桶油水里。肖恩跌跌撞撞地在地板上滑倒,又撞到了左肘,从他散乱的胡子后面又发出一声嚎叫。

提莫斯感到无助和内疚。他做了什么?他几乎吓得不敢看肖恩的手指,一瞬间他以为整只手都被烧伤了。但接着他看清了肖恩手上的黑色里其实混杂着肮脏的油渍,很幸运,只有三个指关节上的皮肤被烧伤了。

肖恩一边尖叫一边来回跳着。

"行了,肖恩。"铁匠阿尔雷德说。"我见过一些人,他们的手和半条胳膊都被烧伤了,都没有那么大惊小怪。现在到医务室去,我们明天见。"

肖恩这时看见了提莫斯,认出了他,眯起眼睛,没有受伤的手攥成拳头在提莫斯面前晃了晃,提莫斯以为他会一拳挥下来。"你!给我小心点!"他龇着牙说道,阿尔雷德拉着他的肩膀让他赶快离开。

"你是谁?"当肖恩离开后,阿尔雷德双手叉腰问道。

"我是提莫斯。杜兰特先生派我来接替肖恩。对不起,我——"

"算了。是他自己没有注意,常有的事。"他看了看提莫斯,挑了挑眉毛。"你看起来不太强壮,孩子,请原谅我这么说。但如果杜兰特大人说你可以,我想你应该可以。来,"他说着,拿起肖恩放下的锤子,"拿着这个。这工作并不复杂,但很困难。

你来负责第二锤,当格里夫敲下去的时候,你就举起锤子,当他敲完后举起锤子时,你再敲下来。看着我的头,跟着我的点头节奏及时挥锤。如果我加快速度,你也要加快速度。如果我停止点头,你也停止。但在我把钢坯拿走之前,别把锤子放下来,我可能需要暂停一下,仔细看看,明白了吗?"

就这样,提莫斯第一次尝试了人生中最疲累的工作。工作结束时,他的手已经生出了茧,几处旧伤又磨出了泡,胳膊和肩膀都软成了泥。他的落锤开始时很猛烈,但为了能够承受住锤子的重量,他把手的重心向锤柄后移,渐渐地敲击没那么有力度。但他还是坚持着,另外两个人则假装没有注意到他越来越虚弱。

他在营房里瘫了一会儿,这时丹尼尔悄悄地走了进来。他鬼鬼祟祟地看了提莫斯一眼,然后咧着嘴笑了起来。他告诉提莫斯,今天晚上他在酒馆里消磨了几个小时,打了会儿牌。

"不过我们没有赌钱,我可不想像你一样过度操劳。今晚在铸造厂怎么样?"

提莫斯向他讲述了他的新工作,并展示了他粗糙的双手。"我感到又痛又累,但我真的很喜欢铸造剑模。多么神奇啊,把一块石头制成一把剑。"

他告诉了丹尼尔关于钢铁加工的事,还提到了贝丝。

"她的儿子被大和人杀害。我对他们了解不多,只知道他们和我们相似。"

"大和人吗?他们是大和帝国的人民。我忘了你来自村庄,不了解这些。"丹尼尔说着,拍了拍他的手臂。"是这样的。我们的文明是龙裔文明,我们是这片土地的原住民,传说我们是龙的后代,这就是为什么我们被称为龙之子,这片土地的主人。

华夏民族和我们情况类似,但实际上我们与他们几乎没有什么亲缘关系。有人说维京人和大和人来自同一种族,但这是无稽之谈。大和人是不同的,他们是凶猛而骄傲的民族,有着严格的等级制度。好吧,其实我们也有,但没有他们那么复杂。在大和民族中,每个人都有上级归属,荣誉高于一切,而等级链顶端是他们的皇帝,他们相信皇帝就是活着的神明。和我们一样,他们所追求的是金子、秘银和土地,但我们才是神选之子,这片土地是我们的,一直如此。大和人则认为这些是属于他们的,迷信地认为他们是受祖先的魂灵指引,来接管这片土地。"

"大和人比我们更守纪律,也更具奴性,这既是优点也是缺点。接下来说说维京文明,在我看来,这并不是一种真正的文明。他们最初来自海边,与大和民族对立。他们缺乏纪律,互相争斗,只对侵略和收集奴隶感兴趣,他们的行为都以埃西尔神为名,那是他们可怕的信仰之一。"

"大和民族就像接受蜂王下达命令的没有头脑的工蜂。而维京人则是残忍的野蛮人。只有我们龙之子才是真实的、自由的、正确的。"

最后这句话丹尼尔几乎是喊出来的,他的双眼因为激动而燃烧。提莫斯不知道他到底经历过什么,才会有这么单纯的想法。

"但是,龙之子有时也会与大和人、维京人结成联盟?我在酒馆里听过很多这样的故事,课本上也有很多相关的参考文献。"

"嗯,是的,这是真的,有时这很必要。联盟很重要,但结盟并不会改变彼此的基本属性。即使你与他们结盟,你也不知道你是否是他们真正的盟友。"

最后这句话听着毫无意义。

"但是所有的人应该是一样的,不是吗?人们可能有不同的习俗，但重要的因素不应该是正直和——"

"够了，提莫斯。"丹尼尔生气地说。"如果你知道我……"然后他冷静了下来。"哦，你太天真了，我的朋友。以后你会明白的，但是现在我们应该睡觉了，否则明天我们就会变成食尸鬼了。"

接下来的几个星期，因为不停地抡锤，提莫斯的力气越来越大，臂膀越发强壮起来，他不止一次地调换了制服的尺码。尽管他的身高和耐力都在不断提高，以致杜兰特让他顶替肖恩成了一名全职抡锤手，但在债务上仍无任何起色。尽管他经过了难熬的七个月，努力的攒钱、训练、铸造、学习（甚至在睡前还能进行学习，以逃避现实生活的不易），他仍旧无法还清杜兰特的债务。厂长不停地增加借债利息，以及工作失误所产生的赔偿，这些只针对提莫斯一个人。

提莫斯因为吃苦耐劳交到了很多朋友，对于学徒肖恩来说更像是敌人，因为他的身体素质和技能水平都赶上了他，在冶金方面甚至超越了肖恩，很快就可以在铁匠师傅的指导下使用铁钳。

然而肖恩从冶炼所毕业了，开始去楼上制作更精细的魔法物品——靴子、铠甲、头盔、手套、剑——所有这些物品都由铸造厂和贤者们赋予了不同力量，领主在佩戴它们的时候可以获得这些力量。不过没有了肖恩在身边，提莫斯工作起来更为开心。

这项工作其实有很多好处。提莫斯变得比大多数战友更健康，能够在更长的时间内穿着盔甲进行训练和长距离奔跑。结果这导致他每次都被要求做出动作示范，虽然锻炼了耐力，却也加重了他的负担。他总被赋予更高的要求，做更困难的事情。

锻造工作中那些举锤、翻转、落锤的工作让他获得了巨大的力量，以及皮肤上那些仿佛永远都洗不掉的油污和金属粉尘。他的肌肉以惊人的速度增加，随之增强的还有耐力，化作了格斗技巧和方方面面的优势，结果又导致他被期望在所有事情上都应该是最棒的。不久，他就被要求与更强壮的士兵对练。此外在理论课堂上提莫斯也颇有声名，尤其是反应速度与敏捷方面。

所有这一切为提莫斯招来了嘲笑，夹杂着嫉妒，彻底树下了很多敌人。那些认为自己更棒的家伙们觉得被提莫斯剥夺了他们出人头地的机会。提莫斯的绰号变成了"书呆子"，有时甚至比这还要恶毒。

渐渐地，在课堂上面对本来可以回答的问题，提莫斯学会了保持沉默，当需要人做演示时，他会尽量缩到后排。杜兰特对待他仍然很粗暴，而且经常带有恶意。肖恩则养成了一种习惯，只要有可能，他就会把提莫斯称为"小崽子"。提莫斯现在只想让自己的行为在他人眼中变得不再醒目，保持低调。

不过这些并没有影响他和丹尼尔的友谊。有一次上课的时候提莫斯还碰到了乔伊，从那以后他们开始时常见面。在去铸造厂之前他会有半个小时的空闲时间，而这时乔伊通常会去市场找她的主人，他喜欢在那里和她偶遇。不久之后，经常会变成提莫斯提着乔伊的篮子，跟在她后面，听她笑着和摊主们聊着产品。他们交谈着，气氛有时有点儿暧昧（提莫斯这么觉得）。他完全被她迷住了，在他眼中，乔伊既柔弱又强壮，她的脸蛋本身就很美，而身体与男人完全不同，让他既迷惑又沉醉。

这天，提莫斯伸开双臂，身上铺着一块丝绸，乔伊站在他后面评估成品效果。他的脚边放着三个篮子，里面装满了水果、丝线和羊毛，以及裁缝用的各式工具。

"哟，哟，提莫斯，所以，这就是你每天在做的事！"一个熟悉的喊声从后面传来。

提莫斯一侧身，碰翻了一个篮子，买来的东西纷纷滚落出来，乔伊啧了一声，弯下腰去捡东西。

"请允许我帮助你，女士。"丹尼尔说着，蹲在乔伊旁边，笑得像只猴子，而提莫斯站在那里，像一个漂亮的稻草人。

这是他们三人共同友谊的开始，也是提莫斯与乔伊那尚未开始的罗曼史的终结。因为他看到了在丹尼尔蹲下去的瞬间，他们彼此对视的眼中迸出了一见钟情的火花。

接下来好几个星期，三个人保持着碰面，但丹尼尔和乔伊有时候并未按照约定出现，这让提莫斯意识到他必须给他们留出空间。

他们的友谊依然存在，这是提莫斯下一步计划中唯一让他感到遗憾的事情——他想要离开这座城市。现在他觉得自己被困在这里，像个囚犯一样，被杜兰特和肖恩欺负之后，他对自己所负担的一切越发沮丧，于是他决定离开这座城市，甚至弃尊严于不顾也要如此。

他准备偷偷溜出去，回到他的村庄，必要的话就躲起来。当他做出决定的时候，他努力让自己认为这样做是正确的。实际上他是在逃避责任，但在入伍时并没有人解释详情，也没人能预料会发生什么。他现在身无分文，精疲力竭。他告诉自己，周围的人都欺骗了他。

这一天，事情变得更加无法忍受。提莫斯的胳膊被杜兰特狠狠地扭了一下，他的臂膀更为粗壮有力，扭得提莫斯又疼又肿。提莫斯想把他扔出去，但显然没有达到预期的效果。然后他被肖恩嘲笑，杜兰特对他大喊大叫，还打了他一记耳光。虽然这是由于他犯了一个愚蠢的错误，但是提莫斯还是万般愤怒。换班结束，他就把自己的皮围裙扔到门边，大摇大摆地走了，嘴里还低声咒骂着。即使是凉爽的夜晚也无法平息他内心的愤怒。他决定在第二天早上离去。

尽管他试着睡得安稳些，但还是被梦中传来的声音弄得心烦意乱，声音里似乎包含了父亲、母亲和祖父母的失望。他惊醒了，但却咬紧牙关，竭力不去理会自己的不安。

第二天清晨，他在号角吹响之前就醒了，仍然很疲惫。最好的离开时间是当大家都吃完早餐，直奔训练场的时候。他会留下盔甲，这样混在出城工作的人群中不会很显眼，而城市中的大部分人仍在为新一天的开始做准备工作，早上会很混乱，这样他不容易被抓住，即使被抓了，也可以被认为是他在城市里迷了路。他不得不留下仅有的几件私人物品，如果带着它们，他将无法解释自己为什么带着行李出现在不该出现的地方。

一切简单得出人意料。从起床号响起的一刻钟内，人们都睡眼惺忪地离开了，营房空无一人。提莫斯故意放慢了穿衣的速度，并挥手示意丹尼尔先走，如果一会见不着那就训练后再见。

现在他是独自一人了。提莫斯的心紧张得怦怦直跳，当他迈向与平日不同的路时，他试图装出若无其事的样子。很快提莫斯就找到了最初进来的那条路，然后到达了两扇城门之间的庭院。今天这里没有集结的军队，只有来往的行人和手推车从卫兵身边经过，运送给养，或是去上工。提莫斯想了一会儿，也推着一辆空车走了出来，小心地避开车主的视线。他走出去时向卫兵点了点头，然后毫不犹豫地走上了护城渠上方的道路。

提莫斯的心还在狂跳，但却觉得很轻松，同时又因为羞愧而觉得胃里翻搅。他快速离开大路，越过附属的农场、磨坊和矿场。有时他还要躲开主路，避开巨大的军用帐篷和医疗帐篷。

但他总觉得有什么被抛在了脑后，是在匆忙计划时一直被忽视的东西。直到他来到一个拐弯处，清楚地看到了面前的景象，他僵在了原地。

眼前的景象完全超出他的预测。这里根本不是塞奇威山，他脚下是平坦的地面，而不是山坡，眼前也没有河流。除了农场之外，周围几乎没有绿色，脚下只有粗糙的岩石。在他面前，平坦的岩石向四面八方伸展开。除此之外，没有树，没有路，什么都没有，只有地平线上一个个小黑点，看起来都是巨大的岩石。卡尔弗登城的四周点缀着一些建筑物，在清晨的阳光下闪闪发光。有些建筑非常相似，另一些则略有不同，尽管远距离下很难分辨出这些不同点。一些建筑覆盖着透明的穹顶和突起，就像城市中待修的建筑一样闪耀着。

提莫斯站了很长一段时间，只是默默看着这些城市。他数了数，光是从这里就能看到二十多个城市，卡尔弗登城后面可能还有其他城市。他第一次深刻理解了什么是传送。

不管怎么说，在他进入城市的这段时间里，整个城市和周围的一切都被传送到了一个全新的地方。这里不同于他所熟知的丘陵地带——那里有长满青草的平原、红色的土地以及森林，三面开阔。而这里只有一片平坦的岩石，中间点缀着人造建筑。

他比想象中的还要更加远离故乡。这一回他是真的迷失了，不仅找不到归途，心里还涌起了绝望与乡愁。他思念的不仅是他失踪的弟弟和死去的家人，也不仅是和他一起长大的村庄里的朋友，而是故乡本身，那里的河流、森林和草地。

所有的一切。

## 战争

要为所有这一切去指责谁？卡尔弗登领主吗？如果他没有把城市传送到提莫斯的村庄附近，他们永远不会被攻击。不，这显然不对。入侵者才需要为这一切承担责任，是他们残忍又毫无理由地屠杀了数不清的村民，即便没有卡尔弗登，他们也可能会出现。事实上，如果卡尔弗登城没有传送过去，入侵者或者不会那么快就离开，村子可能就彻底毁了。这些事情环环相扣，提莫斯无法得出结论，也许这就是命运吧。

如果提莫斯回不了家，那至少他要决定重新回到城中后要怎么做。他还要活下去，干活，训练，成为正式的士兵，帮助其他的村民免受相同的苦难，再努力找到回到家乡的办法。他发誓要坚持下去——即使卡尔弗登领主在这一切中所扮演的角色仍然是个谜。

可他仍然抑制不住心中的哀伤。

他坐下来，把头埋在胳膊中，开始无声地哭泣。突然，远处传来喀拉喀拉的声音，紧接着是隆隆巨响，伴随着低沉的咯吱声和呻吟声。他抬起头，眼前可怕的景象令他差点晕过去。从一块巨大的岩石后面凭空冒出了一个骷髅，距离提莫斯约有三四百米远。它有几十个人那么高，基本上只有黄色的骨头，零星挂着几块腐肉，微风中传来的腐臭与死亡气息令人作呕，这种味道对于在村子里长大的提莫斯来讲再熟悉不过了，然而这一刻还是让他觉得喉头辛辣，胃里翻腾。

提莫斯一跃而起，向城里狂奔。他冒着风险回头看了一眼，发现骷髅没有跟在后面。

惊恐逃窜中，他被一只长袜绊了一跤，左脚结实地卡进岩石夹缝里，整个人扑在地下，手臂大张，下巴也刮伤了。他用手撑着岩石，想要站起来，左脚踝却传来一阵剧痛。大地在震动，他能感觉到有东西在砰砰作响，一定是骷髅来找他了！于是他咬紧牙关，站了起来，一瘸一拐地尽快往前走。

接着，他看见几百名士兵从最近的农田里向他冲来，他才知道震动与声音是从那边传来的。更为奇妙的是，在他们的头顶上有一条闪闪发光的黑龙，驮着三个，不，四个骑手！

首领们骑上马，迅速地向他靠近。现在提莫斯可以看到后面的步兵虽然没有马跑得快，但仍然全副武装快速行进。

似乎一瞬间，骑士们就将他团团围住，这场景让他霎时想起了村里的侵略者。接着一匹马向他直冲过来，一条强有力的胳膊把他提起，一阵天旋地转，他被甩到了一名骑士的身后。

"抓稳了伙计，"骑士喊道，"要上了！"

身下的马冲了出去，提莫斯紧紧地抓住了骑士那条宽大的、镶着宝石的腰带，腐烂的气息扑面而来。前方，骷髅正用烤炉大小的红色双眼盯着他们。

骑士们分两个方向奔跑绕行，直到把骷髅严密地围在中央。然后他们面向骷髅停了下来，纷纷拔出长剑或长矛。空气陷入死寂，骷髅和骑士都按兵不动，互相对视着。

第二波骑兵到达了战场。他们看上去更为高大，两人一组骑在马上，前面坐着的人手持长矛，而身后与他绑在一起的人则身背长弓。不同之处在于，弓箭手的锁子甲外面使用的不是金属板，而是皮革和羊毛，行动更为灵活。每个人都戴着金属头盔，头盔下方的护领可以保护他们的肩颈，弓箭手的头盔则要轻一些，露出了面部，易于瞄准。骑士的身前身后各佩一把剑，弓箭手还背着另一张弓，两个满满的箭袋一个挂在肩上，一个挂在左腰上。每匹马的臀部两侧还有装着箭的口袋，这些马也和骑士一样，头戴金属和皮革头盔，巧妙地装备了锁子甲和厚厚的羊毛护垫，既保护了身体的各个部位，同时又不妨碍它们行动。

清晨的阳光照射在金属物品上，折射出来的光线令人眼花缭乱，而这些金属撞击出来的响声震耳欲聋，仿佛昭示着主人们强烈的决心。这场面让提莫斯想起了农场里丰收的时刻，所有的农民都聚在一起，挥着镰刀和干草叉在田里收割，气氛欢乐而喜悦。然而与之不同的是，农场上的氛围是欢乐而愉悦的，战场上则充斥着渴望暴力与破坏的人们因恐惧、愤怒和嗜血而生出的快感。他本人也是其中一分子，从骨子里渴望着加入到这些新伙伴之中，和他们一道破坏掉眼前这个可怕又错误的存在，这个正在挥舞着树干大小拳头的死物本身就是对自然的亵渎。

骷髅站在那里，转动着它的头和肩膀。尽管隔着很远，提莫斯仍然可以从它的站立姿态、眼神和动作上判断出它相当谨慎。

"这家伙没有经验。"提莫斯身前的骑士对另一个骑士喊道。

"嗯，好对付。"对方回答道，队伍里有人点头，有人低声嘀咕。

载有弓箭手的坐骑排成方阵，排列在骑士阵形的四角点位上，站立不动，除了马的响鼻声、金属摩擦碰撞的响声之外，没有其他任何声音。

提莫斯想知道如何杀死一具骷髅，因为它本来就没有生命，而且全是骨头，箭和剑能有什么用？接下来他看到弓箭手把箭头先放入一个小瓶子里，他意识到这些是特殊的火箭，箭端有一个小小的铁口，瓶子装的则是干苔藓、焦油、猪油和植物油的混合物。周围的人用火石打出火花，点燃了箭头。

骷髅注视着他们，提莫斯看到它脚下有一根巨大的棒子，像是父亲曾指给他看过的玄武岩，骷髅把它捡了起来。这一幕看上去令人很不舒服，就像透过渔船的索具或冬天的树杈看东西一样，这种感觉非常恶心。

还没等它举起武器，骑士队长就发出指令，弓箭队长随声呼应。包围圈整体向前移动，接着开始变换阵形，从五组、七组，最后变为九组，最终距骷髅大概六七十米远。骷髅显得很惊讶，甚至有点儿胆怯（提莫斯离得太远判断不出来）。马停了下来，提莫斯听到铠甲、金属和其他刺耳的碰撞声。片刻的沉默之后，他看到弓箭手们都摆好了姿势，拉满弓，箭头指向空中。随着弓箭队长一声令下，所有弓同时发出巨响，箭群就像巨大的鸟群跃过骑士的头顶，落在骷髅身上。

弓箭手们马上重新抽出新箭，点火拉弓，制造新一轮箭雨袭击。骷髅半蹲着，但许多箭射在骨头上，然后弹落在地，其余的箭只是穿过骨架的缝隙。提莫斯仍然不知道用箭攻击的目的是什么。这些火箭并没有造成太大的伤害，不过骷髅一直处于恐惧之中，用一只手捂着脸。

攻击持续着。骷髅开始习惯了箭雨的袭击，而部队则一直保持着适当的攻击距离。

骷髅向骑士们迈了几大步。它移动得很慢，但因为身形巨大，瞬间骑士们就在其攻击范围内。当骑士试图撤退的时候，一些骑士和马匹被骷髅手中的石棒野蛮地挥开，紧接着又是一击。几秒之间，提莫斯惊恐地看到至少有八十个骑士连人带马倒在地上。少数不幸的人当场死亡，多数人则受了伤。骷髅退回原地，警惕地盯着上空盘旋着试图分散它注意力的龙。提莫斯和他的骑手离死亡只有几米之遥，但他们毫发未损地逃了出来。马和人都尖叫起来，但受伤的马很快没了声音，因为提莫斯的骑手和其他人一起结束了它们的生命。虽然这个怪物没什么经验，但它仍然是致命的。

混乱之中，弓箭手们继续攻击。事实证明，骷髅的这系列行为有利于弓箭手进攻——它那闪闪发光的红眼睛完全暴露了出来，数十支箭找到了目标。当"眼球"上的奇怪薄膜被撕裂开时，来自"眼球"内部的压力导致它炸裂开了，不同于人或动物的是，它迅猛地燃烧起来了——理所当然的，因为射进去的箭都是可燃的！

龙开始发挥作用，除了分散骷髅的注意力，它同时作为攻击台，四个骑手可以从它的背上向下投掷装满焦油和稻草的陶罐，这些东西都存放在龙的鞍袋之中。龙在骷髅上方紧紧地盘旋，骑手点燃稻草，冒着烟的陶罐被扔了下去。第一个罐了没有击中目标，摔在它的脚下并开始燃烧。接着，又有几个罐子击中了骷髅的右肩，然后炸开，黏糊糊的火焰顺着骨头往下淌。燃烧的液体四处飞溅，不过地面部队离得足够远，不会对他们造成威胁。当火苗落在这些腐肉之上时，火焰迅速附着在肌腱上，烧焦的肉散发出恶臭，接着蔓延到韧带部位。由于骷髅的双手距离眼睛最近，当两个陶罐砸向骷髅的眼睛时，这副巨大的骨架也因为相同的燃烧方式而失去了对胳膊和部分手指的控制。

显然，巨龙已经完成了它的任务，懒洋洋地掉了个头，朝城里飞去。

巨龙的攻击为地面部队赢得了时间。步兵已经到达战场，更重要的是，攻城车已经用大而尖的圆木穿过四角的钢圈，固定在地面上，蓄势待发。在提莫斯眼中，只是在短短几秒钟内，第一块石头从弓箭手身后投射出来，直接击中了骷髅的右臂。随着一声可怕的撞击，石块在碎骨和土雨中落掉到地上。骷髅手里的石棒轰然落地，提莫斯觉得自己的五脏六腑都受到了震动的冲击。然而骷髅的手臂还在活动，它四处乱挥，试图用剩下的两根手指拿起木棍，但手指已严重骨折，韧带也已受损。紧接着，石块从几个方向射出，击中了骷髅的四肢和躯干，还有一块击中了头骨。提莫斯不知道它是否感到疼痛，因为它似乎没有注意到正在发生的事情，而且自始至终没有发出任何声音。

最后这一波攻击让骷髅上半身解体了。它无法动弹，双腿与骨盆分离，围攻部队至此也松了一口气。它只剩一只手臂，而且从肘部往下也断掉了。接二连三的石块很快就把剩下的骨头，包括头骨都打得粉碎，最后只剩下成堆的岩石、巨大的碎骨片和骨灰留在地面，死气沉沉、冒着烟的韧带还绕在上面，只剩烟和碎骨还随风飘动着。

在接下来的半个小时里，攻城车被拉开，拆卸，准备运走，装满伤亡者的大车送回城里，大部分的骑士部队跟在后面走得更慢。另外一些人，包括提莫斯和他的伙伴则留下来了。

"你还在后面吗，伙计？"坐在提莫斯前面的那个人喊道。

"是的!"提莫斯的喊声盖过了士兵们的喧闹声。

"你那时想去拉响警报对吗?做得很好,但我们在黎明前就已经看到它了,哨兵一早就发出了信号,所以我们那时已经出发了。"

"哦。"提莫斯说,这是他唯一能想到的回答。他根本没有想过要去拉响什么警报,但他不能承认。

"我是杰森。你叫什么名字?"

然后,提莫斯和他交流了彼此的故事。杰森是一位皇家骑士,当他还是个孩子的时候,他就被维京人俘虏并卖为奴隶,因为年纪太小,他不记得自己的城市和家庭。在经历多次城市间的交易和掠夺后,他在卡尔弗登城主的马厩里工作时表现出了良好的驯兽技能,于是脱离了奴隶身份。"从那以后,我经历了训练、战斗,然后是更多的训练和更多的战斗。我一定做得很不错,所以他们让我成为一名骑士。"

提莫斯回想起他自己的经历,再次为今早的所作所为感到羞愧。他决不会向任何人承认那件事。

"我希望我能和你一样,杰森。你一定很自豪。"

"如你所言,是的,我很自豪。"杰森说。然后他转向旁边马背上的骑士,极其夸张地详细描述了提莫斯的英勇,不仅是试图报警,还有他在战场上表现出的强大力量。提莫斯的脸因为羞愧和尴尬而滚烫。

步兵分成了两组。主力部队陪同攻城车和伤亡人员先行回城,小部队留在后面,坐着运输木桶和稻草的马车。木桶和稻草都被卸了下来,在接下来的一个小时里,人们把骨头碎片搬上了车。当大块的碎骨被收集起来的时候,老兵们会盯着每一块碎片仔细观察,并进行评估,似乎在寻找什么,然后再指挥年轻士兵去搬重物。

"收集这些骨头有什么用？"

"骨头一旦经过漂白和处理，就能成为制作骨雕家具和橱柜的最好原料。参战的士兵们都可以分享利润，有时击杀一个骷髅能得到一袋子财宝——金子、秘银或宝石——我们都有。但这次不行，这只骷髅太年轻。"

提莫斯思索着，在他内心的某个地方一直怀着对那怪物的同情。现在他知道它还年轻，这个想法愈发强烈，他很想知道它过去的生活是什么样的。有必要把它毁掉吗？它伤害了他们的部队，然而是部队先发起进攻的。他也像其他人一样屈服于嗜血的欲望，但这对他来说并不舒服。

先前带来的木桶被打开，里面的焦油被倒在剩下的骨头碎尘上，上面堆满了稻草。点燃的火把扔在上面，骨堆很快燃烧起来变成了熊熊大火。每个人都向后退去，静静看着残骸燃烧。

"任何足够大的碎片都能生根，并在地下生长，形成新的骷髅，所以我们必须——"

突然一块很大的碎骨爆炸了，碎片四溅，一块手掌长、拇指宽的碎片迅速刺进杰森的脖子，他的嗓子里发出嘀嘀声，从马背上倒下来，一只脚却还卡在马镫里。

提莫斯本能地做出反应，迅速跳下马去，左踝再次传来一阵剧痛，但他已经无暇顾及。他曾见过一位农民被一根掉落的树枝刺伤，伤口类似，祖母为他做了紧急处置。提莫斯扯下杰森的衬衫，把它紧紧地绑到流血的伤口上，尽可能用力地按压，同时还要注意不让杰森感到喘不过气。杰森的脚还卡在马镫里，提莫斯做这些时，角度非常难受，还要与杰森本能的反抗做斗争。这时提莫斯被轻轻地拉到一边，另外两名骑士过来接手，他们把杰森从马上解下来，并继续进行伤口施压，直到与他们同行的一名战地医生带着工具箱赶到，把干净的苔藓和棉花塞进伤口，暂时把血管夹住。

过了一会，之前与杰森交谈的那个较年轻的骑士向提莫斯点点头。"你做得很好，伙计。"然后杰森被抬上了一辆手推车，放在一堆准备送往医院的长条骨头上。两个骑士依旧跟着他，让止血钳保持固定。

现在提莫斯周围有三匹没人骑的马，另外还有两位皇家骑士，他们每人都把其中一匹马的缰绳系在自己的马鞍上，这样马就可以并排走了。然而，对于杰森的马，骑士们一直在等待着，直到提莫斯尴尬地意识到他们是想让他骑上去。于是他这样做了，动作因为扭伤的脚踝而有点笨拙。

剩下的几个人要看着大火，防止火势蔓延（尽管在这片贫瘠的岩石地面上火势如何蔓延仍是个谜），其余的人都掉头向城市走去。提莫斯周围的人谈论着他们曾与之战斗过的其他怪物：狮鹫、半人马、年兽、野人、熔岩巨人——这些怪物都有自己可怕的特点，但也有弱点。许多人都夸耀自己打败了每一类里较为年长且体型庞大的怪物。这几乎是一项需要反复练习并积累经验的运动，直到挑战最高级最危险的怪物，才能获得最高荣誉。有些故事听起来是真的，另一些听起来就是假的，但是大家都听得津津有味。当听到一些小怪兽被抓起来，关在城里养大时，提莫斯马上意识到这么做的意义。士兵们在相对安全的环境下接受了更好地训练来对抗这些生物，而不是把野外作为第一次相遇的战场。但提莫斯认为所有生物应该被独立公平地对待，这种行为是不可避免的罪恶，他并不期待有一天能够接受这种训练。

## 王国编年史

  回到城中的氛围非常奇怪,空气中充斥着喜悦与欢庆,但又似乎与平常没什么两样,大家仍忙于日常清理和修复工作。到达第一道城墙的时候,一队人迅速自发地组织起来欢迎他们,然后马上又分头去继续之前的工作。

  来到第二道城墙的时候,更多人行动起来。牺牲的士兵被安放在远处的平台上,每个人身上都覆盖了一面市旗。亡者的伴侣、父母、孩子和朋友都万分悲痛,还有一些士兵在坚硬的外表下默默承受痛苦,看到这些都让人心碎。

  在庭院中央,装着骷髅骨头的马车被男男女女包围着。他们与旁边悲惨的场景格格不入,皱着眉头或放声大笑,在马车周围挤来挤去。每辆车上都站着一个人,激动地说个不停,配上疯狂的手势。不停有人举手出价,直到拍卖者与某个出价人达成共识,这时其他人就会赶紧前往下一辆马车寻找新的竞拍机会。一位骑士告诉提莫斯,偶尔也会有失败的竞标者和拍卖人发生争执,而出价成功者会用现金进行场外交易,之后再把骨头分成小块进行二次出售,以此获得更高的利润。

  "如果需要它的人没有足够的钱——"

  "不,提莫斯,很多人就是在等着二次转售呢,因为一些工匠只需要那么一小块而已。到处都是精明的交易。"

"那钱到哪去了，我听说参战的士兵是有份的？"

"是的，每个战士都能得到一点，甚至包括你。但这笔钱不会直接给你，而是投入基金中去了。当战士们退伍时会得到一笔养老金，不过其中的大部分都捐给了死伤者家庭，因为他们已经不能再工作了。"

提莫斯觉得这是一件很值得称赞的事情，他现在没有家，弟弟又生死不知，下落不明。如果他孤独地死去，那么他的那份钱可以用来供养其他可怜的家庭，这样他会很开心。

他又回归了步兵生活，虽然并不情愿。尽管他的朋友们和战友们都很风趣，但这生活似乎比以前更困难和孤独。不过虽然遭受了巨大的挫折，提莫斯不会放弃初衷，他要继续寻找弟弟，寻找杀害家人和摧毁家乡的仇敌。

但现在还不是时候。首先，他需要找到一种方法，既能找到他的家乡，又能找到他的仇人。他决心尽最大的努力，在锻炼身体的同时锻炼精神和意志力，在必要的时候还要为这座城市和人民而战。

提莫斯发现自己并不是随意屈服于他人意志的人，而现在别人对待他就像对待垃圾一样，于是不知不觉地，他在精神上迷失了自我，对父母和祖父母严格教导的价值观摇摆不定。他对他的顶头上司抱有怨气，因为他们只是单纯地完成工作。他努力坚持着自我行动的正确性，但在思想上确实非常痛苦。他回想起乔伊当初说过的话，军人的生活确实非常艰苦，在很多方面，他都觉得自己是在赌博，而这一次则赌上了性命。他可能在下一场战斗中死去，也可能在之后的每一场战斗——与怪物或是与其他城市的斗争中死去。这根本不能称之为生活。

这天晚上，提莫斯离开铸造厂后，和室友们去了酒馆。他喝了一杯后觉得不舒服，想早点睡觉，但是他的室友们酒意正浓，他只好一个人闷闷不乐地返回营房。

他穿过主街，钻进巷子，想抄近道回去。突然被一伙年轻人围攻了，他能做的只有尽可能地护住脸，虽然对方年纪很小，但人多势众。

突然，这些人停手了。

"来，看看我们抓到了谁——哦，怎么是他，这不是骑士们不停地议论的那个新兵吗？家人都被邪恶的入侵者殴打致死，而他本人却成了英雄。但是我们可是很了解他的，不是吗，侄儿？他可不是什么英雄，对不对？"一个熟悉的声音从提莫斯上方传来。

是杜兰特。

"需要搜身吗，先生？"一个小子扯着嗓子问。

"不用了，浪费时间，小伙子，甚至浪费我出的工钱。这家伙没钱，我们都知道，是不是肖恩？否则这只小老鼠就会还清他欠我的债了。不光是他欠我的41银币，还有每周增加的利息，我会慢慢从他那里拿回来的。肖恩，要有耐心，或许我们可以从他身上割下一两磅肉呢。现在，继续吧伙计们，找到一个真正有钱的人。快滚，下次选目标的时候再仔细点儿。"

提莫斯仍然用双手护着头，他听到他们离开时发出的咒骂和嘘声。

"肖恩，现在只剩我们了，我们需要给提莫斯上一课，让他记住他是谁，什么能说什么不能说，让他管住嘴巴，是不是？他需要知道，如果他把我们这个小生意的秘密泄露出去，他就会被烤得嗞嗞作响，然后塞进锡铁罐子里去。"

提莫斯喘息着，被揪着头发拎了起来，紧接着一只拳头重重地打在他的太阳穴上。

当他的眼前不再发黑时，他知道杜特兰和肖恩已经离开了。他痛苦地从人行道上的水坑中爬了起来，摇摇晃晃地向营房走去，把自己清理干净后，爬上了床。

那天晚上他的眼泪止不住地往下掉，一部分是因为害怕，一部分是因为愤怒。但他知道他必须坚持活下去，抓住一切可能的机会成长，并寻找回家的机会。但除非他能够摆脱杜兰特的控制，否则一切都是空谈。

第二天早上，新兵辅导结束了，他成了正式的步兵，这样他就有更多的空闲时间用来赚钱了。他在马厩里找到一份额外工作——为马梳理毛发，甚至还申请了一份清理龙厩的工作，不过没有被接受。多亏木匠公会给了他一个机会，试工几个小时后，提莫斯被聘用了——在木匠学徒们上完夜课后，他要把工具和木料收拾好。提莫斯养成了早到的习惯，于是他一边旁听，一边使用多余的教材学习。他和其中一些导师建立了友谊，当他们逐渐了解他之后，就教他如何使用木匠工具。不久，其中一名导师允许他和学徒一起上课，完成作业。提莫斯还存钱买了一些旧工具和木料，并学到了很多秘诀。

一位高级木匠注意到了提莫斯的学习天赋，他请提莫斯在休息的日子里给他的女儿上数学课。小女孩整天闷闷不乐，提莫斯想尽一切办法也没能让她的学习有什么起色。对于这份工作的报酬，提莫斯没有要钱，而是提出使用木匠家里的小储藏室以及闲置的工具。

以这样的方式，提莫斯设计并制作了大中小三个不同尺寸的橡木块，从小到大，一个套在另一个里面。然后他用紫檀木和银线在橡木块上镶嵌出漂亮的几何图案，再用砂纸打磨到发亮。接着，他利用自己的铸造经验，并抓住一切机会在铸造厂观察雕刻师傅的行为，试图在废金属块上刻画出旅行者喜爱的一种符号，据说这种符号可以保佑旅途平安。在提莫斯确信万无一失之后，他把这些符号刻在了从台灯上拆下来的黄铜的圆形底座上，台灯是在旧货店捡回来的，并没有花钱。雕刻完成后，他用坚固的铁锁把最大的橡木块与底座固定在了一起。

接着，提莫斯把木块从小到大叠在一起，把它带去了市场。起初他的作品并没有得到青睐，直到最后碰到一位识货的老商人。这些叠放的木块、金属雕刻的幸运符文，以及高品质的工艺都非常独特，因此商人同意签署代售协议，以赚取可观的佣金。这套木块引起了越来越多的关注，以至于最后商人拒绝了询价，改为拍卖，以获得最好的价格。拍卖的当天上午提莫斯有训练，训练结束后他很快找到了商人。

"嘿，提莫斯，你错过了一场热闹的拍卖会！许多人一边喝酒一边参与到竞价大战中。来，拿着，"商人说着，递给他一个小包。"这种东西我可以再卖一百套，全部都能卖个好价钱。别当兵啦，伙计，我们一起发财吧！想象一下联盟里所有的城市、所有的市场——甚至更广阔的天地！"商人搓着手，因为语速太快而有点结巴。"我到现在都不敢相信，一共卖了二百四十五个银币！"

提莫斯也觉得难以置信。他坐在商人摊位后面的帐篷里，仔细地数着银币。除去佣金，他还有一百七十枚银币。如果按照商人的建议去做，他可以购买更多的工具和材料。更重要的是，这些钱足够偿还杜兰特的欠款，让这笔烂账不会变得更糟糕。

他应该成为一个手艺人吗？他是有些运气，但他可能不会再有这样的才能或运气制作出如此畅销的商品。即使他改行，未来又会如何？成为一名家具制造工人，不能晋升，不能离开这座城市，也没办法去寻找他的仇人并复仇。他想要报仇的唯一机会就是在军队中成为一个有权势的人物，在战争中寻找机会。虽然希望渺茫，但至少能让他觉得自己正在努力。不，他必须还清杜兰特的钱，然后留在军队里期盼着这一机会的到来。只要从铸造厂的苦役中解脱出来，他就可以白天当兵，夜间继续在木工工厂挣更多的钱。他还可以去拜访教授们，看看是否能找到他的家乡，或是他的敌人所在的城市。

于是他这么做了。

首先，他和丹尼尔一起去见杜兰特，在丹尼尔和送货的铁商的见证下，坚持要求杜兰特签署了书面收据。他用剩下的一部分钱从书店商人那里订购了一些图书，这些书在图书馆和教授们的藏书中都找不到。他列出的书目包含了建筑、农业、战略、政治、科学甚至巫术的相关知识。每一本新书到手，他都认真学习，反复研读。

他发现了城市传送总是在山上选址的原因——正如他父亲所说，山上并不适合农耕，不断地上下山运输食物和水非常艰难，但对于防御来讲非常有利。

他阅读了关于城市传送的书，这是卡尔弗登城如何靠近他的家乡的原因，也是传说中古代城堡如何在多年间反复出现的原因。但传送的细节和原因超出了导师的知识范围，只有领主和贤者才知道这些秘密。传送发生着，且频繁地进行着，导师甚至记不清他经历过多少次传送。只有一点毫无疑问，下一次的传送很快就会进行。

提莫斯的生活开始变得有趣,他在夜间继续从事小型艺术品的制作,老商人则继续代售这些商品。这份兼职带给了他一笔可观的收入,不过再也没有出现像之前那些木块那样大放异彩的作品了。

有一天,他在为中尉办事的途中,遇到了肖恩和他的两个小跟班,他们又一次挡住了他的去路。

"肖恩,请让开,我不想惹麻烦。我和你叔叔的债已经两清了。对不起,我得走了,我有公务,正在帮中尉送信。"

"哟,军官的紧急任务,现在吗?是啊,你的工作,毫无疑问。看看,尤瑟夫,看看这个傲慢的暴发户,哭鼻子的骗子。啊哈,原来是去送钱。"肖恩迅速从提莫斯的腰带上抓起中尉的钱包。"你觉得怎么样,尤瑟夫?"

"肖恩,我觉得如果我们拿走这个钱包,这个垃圾很难解释清楚到底发生了什么。"

"嗯,不错!但我们不会全部拿走,只拿一部分就好了,对这个小崽子来说,要解释为什么只有一些硬币被偷了,而不是整个钱包,就更加困难了。"

他们大笑起来。

"年轻人,这是很好笑的笑话吗?"雾中传来另一个声音。

声音来自一位长者,穿着非常考究。

"也许那位年轻的先生应该把钱还回来,你们的游戏也该结束了。我听到他是执行公务,也就是在为领主大人服务,不要再给他添麻烦了。"他的语气温和,但隐隐带有威胁。

"谁?"肖恩大喊,"你以为你是谁,嗯?"

他威胁地向对方走去。但接下来提莫斯和跟班们吃惊地看到肖恩突然把钱包塞还给提莫斯,还从自己的钱包里掏出四个铜板扔在提莫斯面前，然后抓住同伴的胳膊迅速跑开，从拐角处消失了。

提莫斯环顾四周，看见离他有一段距离的街道上还有一队卫兵正在忙碌着。他们看起来也非常慌张，衣冠不整，忙着整理着盔甲，看上去忧心忡忡。

"需要我派人去追他们吗？"长者轻声问。

"不，先生，谢谢您。我认为我们应该公平地对待彼此，虽然我的确不知道他们为什么针对我，但总有一天，我可能会需要他们，他们也可能会需要我。也许向我求助这件事本身对这种傲慢的家伙来说就是一种惩罚了。"

"明智的结论。"长者对远处的卫兵们点点头，又对提莫斯说，"你该走了，他们对于像这样和我在一起不太开心。"他遗憾地笑了笑，向卫兵们抬了抬手，又轻轻地摇了摇头。接着他转向提莫斯，"你走吧。"

提莫斯没等对方更多的提示，以最快的速度跑开了。

完成任务后，他回到营房，穿上盔甲准备训练。命运就在此时发生了扭转，军士教练官达兰尼斯"砰"的一声推开门，朝提莫斯冲来，而这时提莫斯正在拼命把靴子套在他仍未痊愈的脚踝上。

"哦，你在这呢，小东西，闪闪发光了是吗？并且从我的朋友杜兰特手下逃出来了。"达兰尼斯朝提莫斯说着，眼神阴暗。"让我告诉你，孩子。我不知道你哪来这么多钱，或者怎么得到了这些好书。但我认为你需要解释一下，为什么你在那个时候不是在军营中训练，而是出现在城外并警示了骷髅怪物的出现。有人告诉我不要问你这件事，但我还是想知道。"

达兰尼斯身体前倾，这样一来他们可以平视彼此，距离近到只有几英寸。教练官的眼球上布满了血丝,他的呼吸中带有茴香酒的味道。

"别担心,我会查清楚的。当那些漂亮的骑士们听腻了你的夸夸其谈,他们就会把你送回我这儿来,到时候我们就有得玩了。"

接着他站直了身体,从腰间抽出一张纸,用力塞给了提莫斯。

"接着,这是你的新去处。现在,收拾干净你的东西,早饭后给我走人,当真正的士兵们都去训练的时候就给我滚。"

说完,达兰尼斯大步走了出去,留下提莫斯一个人既害怕又困惑。

刚才发生了什么?

他双手微微颤抖,扫过那张纸:

"……作为骑士扈从向骑士训练营报告……出色的表现……快速行动和主动性……从而挽救了我们一位高级骑士的生命……"

落款是皇家骑士团指挥官达菲德爵士。

不期而遇

他迷迷糊糊地去吃早饭,像往常一样和周围的人开着玩笑,甚至忘记了刚刚发生了一件奇怪的事。接着,他被一名护卫队长给打断了,他的脸一下子涨得通红,四周突然安静下来,大家都静静看着。护卫队长带着他直接去了队长办公室,一路上提莫斯惊慌失措,不知道自己做错了什么,而队长则反复盘问他与铸造厂长的学徒之间发生的事情,但他不想让肖恩陷入麻烦,试图把这解释成一场误会。

队长叹了一口气。

"非常好。有人告诉我你会这么说。跟我来。"他带着提莫斯走上一条曲折的小路,这条路通向城堡的主楼。在那里,他被依次移交给几个人,最后被留在一个华丽的房间里等待着。正当他观察着墙上那些精美的雕刻时,一个身材娇小的女人走进来,带着他穿过桌后一扇朴素的门,进入到一个同样朴素的小房间。

"请坐在那儿,我马上就回来。"

房间内有三张椅子,他听话地坐在其中一把椅子上,这些椅子和提莫斯家厨房里的那些很像,这一刻,他突然很想家。女人从对面的另一扇门走了出去,随手把门关上。

接下来会发生什么?

女人很快又回来了,喊他跟过去。

下一个房间和刚才的小房间一模一样,只是多了一张朴素的木桌,桌后坐着一位上了年纪的男人正在阅读一大堆报纸。

男人留着银灰色的头发,梳理得很顺滑,穿着整洁而简单的衣服。提莫斯突然认出了他,他就是那天让肖恩仓皇而逃的人。

提莫斯绽开了笑容,"是您!您——"

刚才的女人向前一步打断了他的话,微笑着对他耳语。"这是卡尔弗登城的主人,卡尔弗登领主大人。"

提莫斯的眼睛因震惊而睁得老大。

"在苍蝇飞进去之前,快把嘴闭上吧。"领主半笑不笑地说着,并没有叫提莫斯坐下,而是先盯着提莫斯看了一会儿,这令他觉得很不舒服。

"我派人调查了你和你的经历,听说你在很多方面都有着不寻常的天赋,而我们最近的这次偶遇也让我亲身体会到你突出的道德感。刚才那位护卫队长也告诉我,你仍然选择无视那些不公正的待遇。"领主轻轻向后仰了仰头,"虽然这值得尊敬,但你也需要学会不谅解。嗯，这些都很好。这是我所需要的东西。你有着崇高的道德品质，懂得如何让他人停止议论，将意见与决策权留给他人。尽管如此，我不得不说，年轻的肖恩先生的学徒生涯将被延长，而且他还要支付一笔罚金，充作士兵津贴。虽然你选择了原谅他，但我不必。上述发生的这一切，再加上我所了解到的你那极其出色的天赋，促使我邀请你来到这里，并且明确地告诉你，我对于你未来的成长非常感兴趣。我知道你已经得到通知即将转入新编队，你可以认为这是成长的一部分。"

"现在你可以走了。谢谢。"长者低下头去继续看起了报纸。

刚才的那位女助手用手托着他的胳膊，轻轻地将他带了出来。

被带回到城堡前方时，提莫斯停下脚步，抬头望着天空，试图让他的心情慢慢平复下来，至少平复一点点。

他仍旧一瘸一拐地朝营房走去，试图弄清刚才发生的一切。

他匆忙地收拾好自己的东西，中途还停下来思考是否应该把所有的盔甲和武器都带走，但他还是把所有东西都扫到一起，打了一个笨重的包袱，勉强用军用绑带捆扎起来。

提莫斯跌跌撞撞地走到了通知上所说的报道地点，那里有一位彬彬有礼的女性，和他的母亲年龄相仿，她告诉他稍等一会儿。没过多久他就被叫到了一间办公室里，那有一位中年男人，身材高大强壮，胡子刮得很干净，深红色的头发，穿着一件宽松的白色外衣，没有束腰，胸前带有红日图案。

"欢迎你，年轻的提莫斯！来，坐。我是达菲德。"那人说着，轻松地把腿搭在了桌子上。他的脚上穿着沉重的皮靴，鞋尖、两侧和脚后跟处都有银色的条纹，靴刺在脚踝处折叠起来。

这个人看起来非常有能力和行动力，并且给人感觉很舒服。

"谢谢您，达菲德爵士。"

"叫我达菲德就行了，这也不是什么正式场合，而且我们很快就是战友了，虽然军衔不太一样。我是皇家骑士团的指挥官，而你即将接受相关训练，成为我们中的一员。"

什么？他，提莫斯，将要成为一名骑士？这根本不可能。

"对了，在我们开始讨论你的新营房和训练细节之前，有一件事领主希望我和你讨论一下。"

就在这时，提莫斯的身后传来一些轻微的声音，他猛地回头，一个人几乎贴在他身后。来人消瘦，灰白色的头发，中等长度的胡须修剪得非常好。他的眼睛是耀眼的蓝色，嘴角微微下垂，衣服简约精致。他是如何做到毫无声响地进来的？

"提莫斯，这位是贤者弗勒姆，也是领主的私人顾问。"

贤者微微点了点头，提莫斯也赶忙低头致敬。他能感觉到老人的眼神洞穿了他的头骨，而他只能看到对方的鞋尖。

"我们都听说了你在战场上的出色表现。"达菲德说。

"我，啊，那些……有点儿夸张，我……"

"这我当然知道，夸张是避免不了的，但关键的是，其中不乏一些优秀的人，他们的判断力无可挑剔。他们明确地告诉我，你不仅有着成功所需的品质，并且能在重要方面发挥主动性。"

他随意地摆摆手，看着手里的一张纸。贤者弗勒姆站在达菲德身边，也在看那张纸，然后轻哼了一声，挺直了身子，把目光转回到提莫斯身上。

"但是，"达菲德接着说，"我们更感兴趣的是从戟骑士队长薛队长处获得的情报。告诉我们，"他扬起眉毛看着提莫斯。"你对袭击你村庄的侵略者有什么要说的？毫无保留地告诉我。"

提莫斯强忍泪水,讲述着自己的全部经历。

指挥官与贤者聚精会神地听着,静静地,偶尔点点头,达菲德同情地咂着舌头,直到提莫斯讲到他走向前往城市的路上。

"很有趣,"弗勒姆说,这是他说的第一句话,他的声音又大又响,宛若洪钟。"但是我想听更多关于被你用石头击中的那个士兵。你说他是皇家骑士,其他人称呼他'大人',是吗?他的穿戴如何?为什么你认为他被你弄瞎了?会不会只是打伤了他的额头?"

提莫斯努力地回想,慢慢地说出了他能记得的所有细节。当谈到敌人的受伤情况时,他能看到血从他的指缝里流了出来。但是,贤者让提莫斯重复了三遍他瞥到了一只破碎的、挂在外面的眼球。

"很好。"老人最后说道。然后他离开了房间。

"先生?达菲德先生?为什么贤者弗勒姆想要知道这些?"

"是领主吩咐他的,他要把这件事记录到城市编年史之中,从某种意义上说,这是一个重要事件。"

提莫斯很困惑,他做了什么重要的事?

"什么是编年史?"

"抱歉,提莫斯,我忘了你不是在这座城市长大的。每个城市都有自己的编年史,弗勒姆和他的手下记录了历史上发生的所有重要事件。他们需要记住听过的故事,与见证人反复核对,再把它记录在编年史上。每当我们与结盟的城市见面时,这些学者就会聚在一起进行信息交换。这样一来,整个王国的编年史就能保持最新并且多方存档也很安全。如果我们袭击了另一个城市,我们也会试图获得他们的编年史。这些不但增加了常识,也往往具有战略价值。"

"那为什么我的故事很重要?"

"因为,提莫斯,被你弄瞎一只眼的人是科斯维克领主。这不但对历史很重要,对我们下次在战场上遇到他也很重要。我们知道了这个人的弱点,也知道在他的城市里,他更容易受到野心勃勃的自己人的攻击。如果他知道你是谁,你在哪里,他会报复的,这是他的天性。因为你在这里,我们也注定要经受一场恶战。"

提莫斯张着嘴,眼睛睁得大大的。他心里越来越害怕,声音颤抖起来。"他怎么知道我是谁,又怎么知道我在哪里?"

但他已经知道答案了。重伤且愤怒的领主会带领军队回到提莫斯的村庄,从幸存者那里获取信息。他毫不怀疑,还会有更多的人和他的父母、祖父母以及其他受害者一样,经历相同的惨剧。

"我……我得走了,对不起,我认为我这么做是保护了他们,可是我却害了他们。现在连你们都不安全了——"

"坐下,冷静,坐在这。"达菲德说着,从他身后的柜子上拿起一瓶酒,打开并倒出了半杯。"事实上,如果他知道了你的事,也许他会来找我们。如果我们想把他引出来的话,这对我们反而有利。你那时什么也做不了,也无处可去。即使你留在你的村子里,也不过一死。"

"我向你保证,我们在城里很安全。我们的城市比科斯维克和它的附属城更强大,我们拥有更多的资源,最后一场战斗也让科斯维克付出了沉重的代价,远比我们要惨。此外,我们已经传送到我们的联盟城范围之内,我们周围有几十个强大的盟友,互相照应。科斯维克领主现在很虚弱,他曾经加入的联盟都把他踢了出去,因为他很奸诈,总是在得到邻居的信任后背叛他们，袭击他们，然后再传送离开，科斯维克和他的城市是人们的眼中钉。有人说他甚至与黑暗骑士和怪物结盟，尽管弗勒姆和他的手下并没有拿到证据。也许这令你感到震惊，但事实如此，你会习惯的，就像你会习惯战争的其他方式一样。现在，要为你安排一下营房了。"

说到这里，达菲德摇了摇铃，一个仆人进来，把提莫斯带到了新的营房。这里虽然和以前的营房相似，但面积更大也更加舒适。皇家骑士们立刻开始欢迎提莫斯这位新同伴。他们的行为一点都不粗野，也不像步兵那样赌博和酗酒。骑士们喜欢阅读和交谈，似乎真的对学习知识和精神世界更感兴趣。提莫斯立即感受到无比自在，尽管他出身卑微，但他的思维方式和这些人更为相似。他也很想念之前的朋友们，尤其是丹尼尔和阿尔特，于是他给他们写了一封信，派了兵营里的一个仆人送了过去（步兵是没有这种特权的），告诉丹尼尔和阿尔特所发生的一切。

虽然他在农场学到过的一些驭马技术还没有忘掉，但是当他试图使用普通的驮马和牧羊马的口令来驾驭身下这匹训练有素的战马时，他从他的同伴们脸上看到消遣之意。

"这是信任问题。"终于有人同情他，开口指点，"我看得出你熟悉马，它们也认为你了解它们。但现在你使用的指令不对，看，要像这样。要让它继续前进，不是像你习惯的那样轻轻一抖缰绳，而需要来自膝盖的轻压。战争中的骑手很少有机会手握缰绳，因为他们手中拿着武器和盾牌。所以马只对你的膝盖有反应，而不是缰绳。只有当你下马时，它才听命于缰绳，否则它会认为你拉着它们只是为了保持平衡，或者是在用另一只手砍掉黑暗骑士的脑袋。"

随着时间的推移，再加上同伴和教练的耐心指导，提莫斯掌握了正确的指令，但他仍然需要练习，直到可以不加思索地给出这些指令。他立志要达成这个目标，这时太阳开始落山，第一天训练已经结束了。第二天，他感受到了脚和膝盖的不同的压力，就连坐在马背上的感觉也不同了，即使不是出于本能，至少也不需要投放太多注意力。

由于他的脚踝还没有完全恢复，医生检查后说他应该多加休息，他被免掉了一部分训练。达菲德安排他和教授们待在一起，尽可能多地了解这座城市、其他城市、联盟和整个王国。当他和老玛丽交谈时，他知道了许多王国的历史。老玛丽就是就是他刚到这个城市时，他的面试官所提到的那位教授。

"城市非常多，每个城市各有一座城堡和一位领主。领主花费金钱和时间来建造新的建筑，管理并增加农场、伐木厂、铁矿、银矿和秘银矿的产量，这样一来城市就会发展壮大。还有一些野生的农场和其他村庄，就像你的家乡一样，它们不属于任何一个领主，但这只是少数情况。即使这种野生的村庄也肯定曾经属于某一座城市，但当这座城市落入敌人手中时，它们就被切断了联系，也或许是在城市传送时失去了联系。"

提莫斯想起了那个关于某座城市的古老传说，这座多年前曾传送到他村庄附近的山上的城市，也许他的村庄很久以前就属于那儿。如果这是真的，他不知道后面发生了什么事，也不知道他的村庄和周边村庄是怎么与它失去联系的。

"村庄发展繁荣，受到城市保护，而城市则得到了所需的资源。"

"我知道银行里有金子，但我只了解相关的业务，比如借贷、收息。但金子从哪来？"

"啊，好问题，提莫斯，你和他们说的一样聪明。金子当然是我们自己的矿山开采出来的，在战斗中也可以夺取黄金。我们还可以与其他城市进行贸易往来，包括联盟内的所有城市，并向非直接贸易的商人征税。野外会有金矿，古代遗迹中有时会发现大量的宝藏，这些地方潜伏着怪物，所以需要对它们进行探索和清理。领主的善行也可以获得黄金，当他照顾他的人民、资源并发展城市时，他将从他宣誓效忠的神祇处获得黄金奖励。嗯，不是从国王那里，虽然国王有时候也会有奖赏，但更多还是来自于精神上所效忠的神。"

提莫斯思考着。

"这要怎么做，神会来到领主身边吗？"

老玛丽犹豫了一下。"并不是关于神的所有事情教授们都清楚，只有领主们自己知道。这是最大的谜团之一。我们所知道的是，每位领主都与一位神祇或女神有联系，同时，领主本人就是那位神。他们祈祷许愿，有时会突然得到黄金或其他奖励。但并不是真的有另一个实体存在。神和领主各自分开，又融为一体。"

"我已经混乱了。"

老玛丽微笑着，皱纹越发明显，她把深蓝色的连衣裙盖在膝盖上。"我并不感到惊讶。你可以这么想，当晚上睡觉的时候，你还是你吗？"

"我……是，呃不……我不知道。"

"和这个有点类似。领主其实有两面，一面人，一面神。我们很难知道谁在做决定，但对当事人来说肯定要更加困难。他们似乎总是从一种状态过渡到另一种状态，就像英雄们一样。时间本身对领主和英雄的作用似乎也不同。"

提莫斯很难理解这一点。领主怎么可能同时是神？一个人怎么从自己的另一部分获得金子？

但最后他决定接受这个观点。宗教是他无法理解的东西，而另一个他无法理解的是，每个领主都有一位或多位英雄，这些英雄同时存在于许多城堡中。

"请告诉我更多关于英雄的事。我知道我们有诺维娅和伯纳德。但我在书中读到关于这些英雄在其他城市中的各式各样的事迹。"

"这座城市现在的英雄当然是诺维娅公主和伯纳德，但每个城市都有自己的诺维娅和伯纳德。英雄可以独立存在于所有的城市。"

"但这很奇怪。怎么会这样呢？"

老玛丽耸耸肩，"神的另一个秘密。"

"我完全无法理解这一点。仅仅是在同一个王国中，有许多个领主和城市，而他们却拥有着相同的英雄？"

"不一定，有些可能有一位英雄，其他城市可能有两位甚至三位以上。但英雄的模型数量是有限的，就像我不知道的椅子的种类。每个领主都有相似的王座或城堡，这并不奇怪，不是吗？那么，为什么英雄不能相似呢？"

提莫斯想了一会儿，然后问道，"如果他们同时存在于几个城市，难道他们不会把一个城市出卖给另一个城市吗？如果两城交战，他们要怎么互相战斗？"

"答案是，我不知道。但他们是独立行动的，也不会分享彼此的想法。他们只与最初的化身有交流。所以我们的诺维娅似乎与第一位诺维娅有些交流。"

"等一等。你说他们化身成'英雄'，这是否意味着他们不是真正的英雄？"

"是，也不是。每座城市都一样，当时机成熟，领主足够强大，就会决定招募一个新的英雄。城市里某个地方的一位居民就会慢慢地变成那个英雄的样子，然后前往英雄宫殿。我们对这个过程知之甚少。从编年史上的记载来看，我们无法预测谁会成为那个人，或者为什么会成为那个人。他们唯一的共同点是，他们都经历过一些童年创伤，并被公认为诚实、勤劳、可敬的人。"

"那么领主被任命的时候也是如此吗？他们也会改变吗？"

"正是如此。但领主不是任何人的复制品，他们会发生一点儿变化，但又会继承前任领主的一些个人记忆，以及其他一些奇怪的能力。"

提莫斯还没有完全消化这些事实，老玛丽又补充道。

"领主们都为国王而战。与此同时，他们还要打败其他领主，推翻国王甚至取代他。命中注定他们要这样做。"

"就像很久以前的巴尔德尔和霍尔顿一样？"

"是的，甚至比这还要复杂。你看，世界上有许多王国，我们从哲学、科学和魔法中都可以得知这一事实。虽然我们不能轻易地从一个王国到另一个王国，但其他王国确实存在，每个王国都有领主和城市，每个王国都有同样的英雄。"

提莫斯摇了摇头，很高兴自己选择了参加军队，精神和哲学层面对他来说太难了。"就像所有事情都在更大的范围内循环往复。"

"这么想很有趣。我告诉你一个秘密，"老玛丽说。"没有人真正理解其中的任何一点，有些人假装无所不知，比如贤者弗勒姆，但其实他们并没有理解，一个人也没有。他们虽然知道发生了什么，以及所有的规则是什么，但他们并不明白这是怎么回事，就像你和我一样。"

提莫斯很难确定这是否让他觉得好受些。

"所以，我要记住的是，我们城市的英雄们在其他地方都有类似的复制体，他们都有一些奇怪的关系，从霍尔顿和巴尔德尔时代就开始了，对吗？而领主会继承前任的记忆，并拥有不同的力量？"

"就是这样。另外一件重要的事情你需要记住，城市完全依赖于领主的生命，甚至像你们这样的野生村庄也与国王或领主密不可分。如果一个领主在任命新的继任者之前就去世了，那么我们也就完了。整个城市和它的属地就会一同消失。"

"什么？为什么？我的意思是，我是我自己，我的存在只是因为——"

"提莫斯，你必须学会与知识共存并接受它。没有必要去理解，甚至不用去理解。这是加入一个城市的代价之一。"

"如果有人离开这座城市呢？比如回到了一个野生的村庄。如果我那样做了，当领主没有指认继任者时，我也会消失吗？"

"说实话，我不知道。"

提莫斯觉得，一旦发生这种事，他就背叛了这座城市的每一个人，尽管他不可能参与其中。这使他感到很不舒服。

"给我讲讲黑暗骑士吧，"他转移了话题。

"这个很简单。联盟可以召集黑暗骑士，在任何其他战斗中，你可以派遣部队到其他地方作战，或者调查废墟，这些部队是安全的，不会受到攻击。但在黑暗骑士的活动中，部队仍然可能受到伤害。"

"这些我都听过，但我还是不明白这到底是怎么回事。"

"这就要追溯到最初的传说了。"

"关于特里德尔国王和他的儿子们？我在一本书里读到过，可这只是一个童话啊。"

"哦，这不是童话，这是真实存在的事件，尽管我们记得不太清楚，也缺乏细节，因为那时候还没有编年史。哦，现在有人要来拜访我了。明天早饭后再来，我把你需要知道的都告诉你。"

提莫斯在学校里花了一整天的时间学习军事战略，在经历过与老玛丽的奇怪谈话后，他发现这门课轻松无比。军队的种类如此之多，从步兵到狂暴战士（他们燃烧愤怒，在战斗中几乎使敌人失明），每个兵种都可以使用不同的武器。还有战争机器需要建造和维护，并且需要士兵来操作。英雄、战马、飞龙——所有兵种随时待命，一切都要准备充分。

他将要学习如何改变队伍与战争机器的组合，以及每种机器拥有何种最适合防御、攻击或资源生产的资源。这非常复杂，在任何时候，城市的每个职能部门都有军队准备，并且不断地改变它们之间的平衡。有时骑士受到青睐，有时步兵更加有效；有时是攻城槌，有时是投石车。

他发现把数学、逻辑与游戏加以混用对他来讲仿佛是与生俱来的能力。很快他独立制作了一些表格，这些表格比导师制作的冗繁的列表更为高效，他使用不同颜色的笔，将表格中用于防御、攻击或资源建筑的最佳组合进行区分编码。提莫斯沉迷其中不可自拔，导师不时地回头看他，起初表示质疑，但越来越感兴趣并加以赞同。那天晚上，导师把他留了下来，问他是否愿意转入高级班。

"可我不知道自己是不是适合。"

"别担心。你有这个实力,瞧瞧你使用的这些技巧,你是怎么想到这些的?"

"这没什么,爷爷教会我制作表格,告诉我如何轮种作物,每种作物需要什么工具,施什么肥,做什么工作,并且还要记录月亮的运行周期。这些还必须与每类种子、不同的种植面积相符。我只是适应了这种记录方式。"

"非常好。应该让你把这种方法教给其他学生——不,还是教给导师们,这样他们就可以传授给更多的学生,我也要把它交给皇家骑士团的指挥官。嗯……你能不能在剩下的时间里思考一下,再对它们加以改进?"

"你正在接受骑士训练,你必须加快进程。我们需要尽可能多的战略家,来,拿着这些小册子,每天太阳下山训练结束的时候可以读一读。下午你肯定没空,我保证你会一直训练到头晕目眩,筋疲力尽。听起来不错吧?"这个小个子男人笑了笑,拍了拍提莫斯的后背。"明天见。"

这一夜又过去了,提莫斯几乎没怎么睡觉,这对他来讲已经是常态了。营房里一片寂静,每名骑士似乎都很尊重彼此需要安静和休息。但提莫斯的脑海里却盘旋着许多关于诺维娅、伯纳德和领主的信息,他们既是神明,又是王国的缩影。天快亮的时候他终于睡着了,然而他的脑海里是一堆乱七八糟的战略方程式,其中摆放了椅子和王座,对面则是一大群伯纳德和一小队诺维娅,中间则是一个废弃的荒庄,只有冒着青烟的废墟,空旷而泥泞的小道上停留着一个大胡子领主,一只空洞的眼睛闪耀着红光。

第二天早上,他拖着疲惫的身体去吃早饭,然后又去了老玛丽那里。

"你迟到了。"她厉声说。的确,他比约定的时间晚了十分钟。"今天我们得快点,没有时间回答你那些愚蠢的问题了。"

但当老玛丽看到提莫斯脸上露出惊讶的表情时,她放缓了声音。"我很抱歉,但这周之内,弗勒姆给了我们所有人每天额外八小时的工作,包括我在内。他居然这么使唤我,我可比他大二十岁呢!都是因为特使代表团,我们必须再制作三套最新的编年史,这样才足够提供给与会的教授们。"

和达菲德告诉他的一样,当一座城市的教授与其他城市的教授相遇时,必然会发生这样的事情。

令提莫斯没有想到的是,老玛丽给了他一张纸,上面有达菲德爵士的签名,表明提莫斯也将成为特使团一员。

"可我能做什么?为什么我也要参加?"

"哦,他们总是让一些年轻人来做些事,这也是培训的一部分。因为你的脚踝无法承受更艰苦的训练,所以他们可能只是需要一个备用的人,这很方便。"

"但现在我们需要集中精力学习历史。你学得越快,作为使团的一分子准备就越充分。更不用说我将有更多的时间来制作最新编年史的副本。"老玛丽嗤了一声。

因此,提莫斯在接下来的几个小时里听了很多关于王国的历史。尽管老玛丽一开始极力要求控制时间,但她仍然愿意放慢速度,在提莫斯听不懂的时候多加解释。

数百部历史中,许多更像传说,就算是真的,也绝对被夸大了。其中最重要的一本是《国王起源》。老玛丽说,众所周知,这个故事绝对是真实的,它讲述了这片土地的起源和逐渐被统治的过程。

"在古时就有龙的存在。"

"像龙厩里的那些龙?"

"差不多吧,但体型应该更大,也更为凶狠,更加独立。在人类出现之前,是龙统治了这片土地。传说中最早的人类是由龙和天神结合而生的。初代人类很强大,他们记得父母各自拥有的所有魔法。领主和我们这些龙族后裔,都是初代人类的后代。"

"现在,领主的半人半神的特质,也算是那个时代的产物。实际上,我认为所谓的龙族后裔是一种误解——因为其他文明也是如此起源的,他们的领主和英雄拥有和我们一样的力量。"

"龙和天神发生了什么?"

"这部分并不清楚,你必须记住,那个时候还没有书写,故事的一些细节无从考证。我们所确认的是,随着时间的推移,也许是因为它们与人类的联系,导致龙的力量有所减弱。天神开始觉得厌倦了,于是签订了《大协议》。天神将精神与领主相融合,但他们坚持如果这样的话,龙族必须同意不支配他们共同的后代,且臣服于领主。因而,大部分的龙都服从于领主。天神进入到半睡眠状态,这意味着他们只有在被领主召唤时才会觉醒。在这种情况下,天神们所遗忘的情况也被领主们遗忘,至今已成常态。"

"你说'大部分',也就是说有一些并不同意?"

"是的,一些拒绝服从。它们回归野外,或保持着野性。它们的力量在过去的几个世纪里已经减弱了,但仍然与天神、领主以及我们所有人对立,是怪物群体的一部分。甚至接受驯养的龙也是独立的,它们与我们合作是基于其选择,而非别无选择。"

"其他的怪物是从哪儿来的?城市之间、领主之间持续不断的战争到底是为了什么？"

"为什么？当然是相同的理由。领主们都服从于国王，但为了争夺王位，他们又互相竞争。单凭一己之力难以成事，所以领主们会结成联盟，争夺统治权。当成为国王的时候，各城市又要结盟来保护王位。威胁还来自于其他王国。当某位领主最终登上王位时，他或她会发现自己不但需要防备野心勃勃、奸诈狡猾的领主们和王国内的联盟城市，还要与其他王国的国王们交锋。"

提莫斯开始了解许多王国的情况，他可能永远也不会明白为什么会这样，但他即使不能理解战争的原因，也能够明白人们对战争的想法。

"那么怪物呢？"

"有点儿耐心，提莫斯。"老玛丽说，"在最初的龙族后裔开始控制这些土地的时候，两大家族之间就开始了激烈的竞争，关于谁应该统治这些土地，以及这些家族成员之间的竞争。"

"第一个王国的第一任国王特里德尔沉迷于寻找古代宝藏，他的贤者们在许多次占卜后都告诉他这一宝藏的消息。这就是龙之宝藏。他耗费了大量人力和财力去探宝，结果却让王国遭受了巨大的损失，并开始衰落。有人说，他的贤者想要找到天神的古老魔法，据说与宝藏埋在一起，因此贤者向国王施加了魔法。也有人说，这只是来自一个人类的贪婪罢了。"

"不管是什么原因，特里德尔国王对龙之宝藏如此着迷，以至于他忽视了他的两个儿子，巴尔德尔和霍尔顿。作为王子，他们并没有在城堡内以王族的身份接受教导，而是被交给了富商家庭抚养长大。"

"王国迅速衰落，以致动乱频发，后来演变成武装内战。与此同时，巴尔德尔和霍尔顿逐渐成长，把一切过错都归咎于父亲。他们响应了叛军的号召，并成为不同力量的领袖。每股势力都试图从国王手中夺取王位，每个人都认为自己会成为国王。自然而然地，这些人彼此之间嫉恨万分，还将巴尔德尔和霍尔顿变成了敌人。所以国家分裂成了三部分。"

"巴尔德尔有一个女儿，名叫诺维娅。她非常爱她的父亲和叔叔，但霍尔顿在某些邪恶贤者的控制下，行事越发隐秘古怪，这让诺维娅感到不安。在她还没弄明白发生了什么，需要做什么时，巴尔德尔把她送回故土加以保护。在那里，她成长为一名勇猛的战士，学识丰富，精通科学，并获得了许多神秘力量。"

"霍尔顿，绰号乌鸦，在手下人的鼓动下，秘密地找到并挖出了一小部分古代宝藏。他利用这部分宝藏，以及在商人家庭成长所获得的商业知识，为自己积累了财富，并建立了一支黑暗部队，用以对付他的哥哥。"

"这支军队庞大而令人不安，有佩带黑色骷髅纹章的人类，有阿基里斯的半人马雇佣兵，还有狮鹫、野生动物，以及自人类出现前就存在的、迄今为止从未参与任何组织、隐藏在外的怪物势力。霍尔顿把这些力量组织在一起，开始攻击巴尔德尔。"

"而龙族则一直保持着独立性，无论选择谁，都是它们的独立意志。"

"巴尔德尔在这场大乱斗中幸运地逃脱了，他养精蓄锐，集结了王国内敌视黑暗的力量，卷土重来。"

"随后是漫长的战争，在蛇堡攻防战中达到高潮。这场战役对双方的军队都是残酷的、具有毁灭性的。最终，巴尔德尔获胜，自立为王。虽然他未像他父亲那样自我毁灭，但他也在龙之领地里寻找龙之宝藏，自那时起这也成为每一个国王和领主的目标。"

"巴尔德尔的女儿诺维娅公主被召回并成为第一个英雄。英雄诺维娅出现在每一座新城市的形成过程中，就像我之前告诉你的那样。随着城市的发展，她的力量也得到锻炼，她利用自己的知识和力量加快城市的建设速度，培训领主与市民去更好地收集资源，鼓励人民接受教育和学习，并支援军队调动。"

"最后，通过领主的努力，当诺维娅达到一定级别后，她可以召唤其他英雄。首先是瑞恩，他原本是特里德尔国王手下一位伟大的战士，能够帮助军队发展，增强步兵防御与攻击，最终增加部队整体的攻防水平。其他的英雄偶尔也会被召唤，比如伯纳德，他很残忍，强迫人民做苦役，然而有时这些是必要且有效的。再比如约瑟，他是牧羊人，可以加快放牧速度，能够发现并制造各类资源，甚至可以看到王国范围内的隐藏资源，可以访问王国内的所有区域。还有美丽的塞尔玛，她深受爱戴且充满力量——她能够强化步兵，并在魔法治疗上给予帮助。"

老玛丽用水晶壶猛喝了一通水，接着把壶递给提莫斯。提莫斯摇了摇头。

"我仍然搞不懂一个英雄怎么能同时出现在多个城市。"

"你懂不懂都没关系，这就像是你必须了解什么是天空，而天空的存在方式并不需要你的意见。重要的是你要接受现实，并采取相应的行动。我建议你不要想太多——许多学者在试图解决这些问题时，几乎把自己逼疯了。"

"但这一切都是很久以前发生的了，为什么领主们还在战斗？"

老玛丽耸了耸肩。

"这是他们的本性。每位领主的内心都有一个信念，就像霍尔顿、巴尔德尔和特里德尔一样。天神、龙和衍生出来的人类也是一样，他们的内心深处仿佛有一颗种子，告诉他们可以成为国王，也必须成为国王，并统御一个甚至多个王国。他们无法抗拒这种冲动，所做的一切都是为了达到这个目的。甚至他们与其他领主的精神交流也总是基于这个目的，在战略和战术上进行思考。上一分钟还是朋友，下一分钟可能就变成敌人。"

"即使是最光荣的英雄，学识丰富，热爱教育与训练，并且了解如何治疗同伴，他们仍然想要战斗。如果你和他们交谈，你会很快意识到他们是分裂的。听他们谈话，就好像古代国王和黑暗军队还存在一样。当他们与一座城市交战时，他们也在与这座城市中的自己作战。普通人对此感到困惑，事实上，对于英雄们来说，他们同时生活在两个时代，不光是现在这个世界，还有那个他们第一次被赋予神圣职责的过去的世界。每一个诺维娅公主、伯纳德、瑞恩和塞尔玛，他们都是真正的英雄，生活在他们自己的时代，而他们的复制体则生活在现在的世界中。我不知道他们怎么受得了。"

"因此，自霍尔顿和巴尔德尔时代以来，战争一直持续不断。这就好像巴尔德尔和霍尔顿的鬼魂仍然存在于这个世界上，推动着斗争，包括领主、城市、联盟和文明之间的不断斗争。"

"和平永远不会到来，即使没有领主和联盟之间持续不断的战争，黑暗骑士军团也将一直令战争存续。来自他们的攻击更为强大，攻击分为两类，一类是黑暗骑士，另一类则是更强大的黑暗首领。没人知道他们从何而来，是这个世界还是异世界，还是从过去的历史之中。他们有太多分支，包括可怕的黑骨军团，还有被称为夜鹰的刺客组织，据说是影牙护卫的一分子。

黑暗军团力量集结在一起，夺取城市控制权，聚集在遗迹之中，计划入侵附近的其他城市。领主们同样喜欢探索这些遗迹，派军队驻守在那里，这样既可以获取资源，又可以保护自己不受其他城市的入侵。但是，你与遗迹或是废城越是接近，当黑暗骑士军团来袭，你的防御准备时间就越短。城市需要在堡垒中构筑陷阱，因为只有陷阱才能阻止黑暗骑士的攻击。"

"既然如此，为什么联盟还要发动黑暗骑士事件，最好避开他们，不是吗？"

"一开始人们也认为应该如此。但后来人们发现，黑暗骑士永远不会被完全消灭，因为它们是从遗迹、废城和城市衰败中衍生而出的，后者是一直存在的。唯一能做的就是尽量减少军团的数量，就像我们应对老鼠或黄蜂那样，在他们集结为不可战胜的数量与力量之前，控制住他们。"

"想要达到这一目的，就需要在它们还没有形成规模的时候，把它们引诱出来并加以消灭。所以这类活动越发频繁——把黑暗骑士引来城市，再用陷阱杀掉他们。虽然这也会给我们造成损失，往往是很严重的损失，并且还需要联盟内各城市之间的密切协调，但绝不能因此轻忽这件事，否则王国将再次覆灭。"

"接下来可以回答你的问题了，怪物们与黑暗骑士仍旧是结盟的关系。当它们在王国的平原和山脉上游荡时，我们需要不断地捕杀它们，这样才能阻止他们集结，成为黑暗骑士的力量。因此我们所有人都必须保持勤奋。"

老玛丽时不时挣扎着从椅子上站起来，翻翻这卷书，或查阅那卷书，然后把书递给提莫斯让他自己看，她再接着讲下去。最后，提莫斯学会了使用索引法，开始自己上上下下查找书卷，老玛丽甚至还让他到后面的档案室去，那是一个八角形的房间，里面放了上万的书卷，此外还有八扇门，据玛丽介绍，它们通向不同的房间，分属不同的教授。

现在老玛丽可以不受干扰地抄写她的编年史了，因为她还想让提莫斯觉得她是在努力地教导他，于是允许他独自使用档案室。从那天起，提莫斯在应该上课的时间或是他有空的时候泡在那里，其他教授则认为这是老玛丽对他的正式教导的一部分。随着时间的推移，他对科学和艺术兼收并蓄，积累了丰富的理论知识，远超同龄人甚至大多数教授。

在学习的过程中，他也时刻关注着科斯维克城及其领主的记录，逐渐对他们有了全面的印象。这不是一个愉快的事情，关于他们的记录中，背叛与变节随处可见。科斯维克城目前的位置是未知的，他试图找到城市坐标区域，但失败了。

在这段时间里，他的脚踝终于痊愈了，他可以补上落下的训练进度了，学习骑马行进中如何使用武器。

马鞍都是双人用的，前面坐的是骑士，后面有时坐的是弓箭手。这种设计也有助于带回失去坐骑的骑士或是遭受攻击的士兵。马鞍的四周都有小铁环，可以用来放置各类备用武器，比如弓箭手的箭袋，或是其他任何需要的物品。提莫斯的双侧护腿上也有皮环，可以放小匕首。他还佩戴了一长一短两把剑，长剑很重，但由上至下的斩击对目标所造成的伤害都是毁灭性的，这也是对付步兵的首选方式。与其他骑士作战时，对其头部的攻击要使用轻矛，侧面攻击则使用重剑。

关于马和骑士的护甲弱点也需要了解，这既有利于自卫，又可以更好地攻击敌人。

不同的攻击方式，需要不断重复动作要领来巩固学习，提莫斯必须使他的双手都能够使用剑和矛。短剑是在地面上使用的备用剑，提莫斯发现，学会使用重剑和长枪意味着他将自然而然地学会使用更轻巧的武器。他还需要学习一些运输、射箭以及挥舞狼牙棒的技巧。时间久了，不同武器的运用模式烂熟于心，他的身体在无意识的情况下就会做出应对。此外骑士们还要保持地面战斗的技巧水准。

战略课程和领导课程也开始了。作为骑士，尤其是皇家骑士，都是战场上的焦点和核心力量。提莫斯必须学会如何清晰简洁地指导步兵，这对他来说并不容易，他既不喜欢将他人的生命作为责任，也不喜欢凌驾他人之上的感觉。然而，当他参加过模拟战斗后，他的想法马上改变了，步兵变成了他的所属，他愉快地按照对全局有利的想法进行指挥。不过在真正的战斗中他会做何感想，提莫斯不得而知。

几个月后，一位流浪商人来到卡尔弗登。像其他商人一样，他带来了丝绸、茶叶、盐、糖、香料，此外还有大量的瓷器、棉花、象牙、羊毛等。他还带来了奢侈的贵金属，并不是金银，而是铂和少量的魔法秘银。此外还有一些简单的护身符和初级的魔法珠宝。

不同寻常的是这与提莫斯被达菲德带去英雄宫殿的时间吻合。提莫斯见到了传说中的人物——商会会长鲁弗斯，三个人一起谈论着关于流浪商人的话题。鲁弗斯身材发胖，但为人和善，是个可爱的人，穿着华丽的毛皮外衣，佩戴着珠宝。提莫斯知道鲁弗斯住在英雄宫殿里，但这是他第一次被允许前来。不过他几乎没有机会去探索英雄宫殿，因为这次是来商讨生意的。之前提到的特使团将于下周启程，鲁弗斯负责贸易谈判。提莫斯得到了一份关于会见礼仪的议程和教程，但几乎没有关于特使团此行目的的资料。

"提莫斯,就是那位使用表格来替代列表的人吧,我一直很想见你。"

提莫斯一开始没反应过来他说的是什么,然后他想起了导师对他的表格分析和追踪策略方式所表现出的痴迷。

"据我所知,你发明出了一种强大的全新的计划工具。巴尔德尔会很高兴的。"

"巴尔德尔?可是我不认识他啊,先生。"

"什么?每个人都认识巴尔德尔。"

"我只知道一位巴尔德尔,就是国王传说中的那位,击败霍尔顿的那位。"

"就是他。不过我们现在必须先谈谈如何使用你的表格来帮助使团商人。我们需要一种方法来跟踪我们的购入与售出、各自的数量、存储要求、保质期等,诸如此类的事情。你认为你能抽出时间制作一个表格吗?我常常会在重大交易中觉得漏算了些什么。"

"我想请你和新来的那位商人谈谈,用我们和他的交易来练习一下。不过别告诉他这个秘密,我们得保密。我们不能让霍尔顿知道这个方法,对不对?"

说着,他哈哈大笑,似乎透过提莫斯在看着什么人,但提莫斯目光所及处空无一人。

"我已经向达菲德提交了借调申请,希望你能来特使团帮助我,你觉得可以吗,提莫斯先生?"

提莫斯点点头,瞥了一眼达菲德,后者向他眨眨眼。

达菲德和鲁弗斯离开了房间,商人被请了进来,他向提莫斯鞠了一躬,好像提莫斯真的是一位重要的骑士,而不是身份地位与年龄完全不相称的年轻人。在接下来的几个小时里,提莫斯与商人待在一起,很快就发现了一种方法,可以简化交易记录以及双方的库存,并且对于提莫斯祖父原有的方法进行了改良。直到第二天早上吃早饭的时候,他看见达菲德,才想起来询问关于鲁弗斯和他提到的关于巴尔德尔和霍尔顿的奇怪言论。

"他指的确实是早已过世的国王和他的兄弟。鲁弗斯曾经是一位英雄,这就是为什么他被允许住在英雄宫殿里。"达菲德一边剔着牙缝里的苹果皮,一边回答。

提莫斯皱起了眉头,然后他想到了老玛丽的话。是啊,当然了,鲁弗斯一定还生活在介于两个世界之间的朦胧世界里。这个想法让他打了个冷战,起了一身鸡皮疙瘩。

"怎么了,年轻人,对自然世界感到害怕吗?鲁弗斯和其他英雄一样,获得了永生,远离了死亡,但为了获得特权,他们不得不揭开世界之间的面纱。不过不要搞错了,对于你我来说这似乎是错误和奇怪的,但并不意味着它不是真实的。"达菲德用指节敲了敲提莫斯的额头。

"看,"当提莫斯抱怨的时候,达菲德说,"你可以想象一下,你现在可能身处另一个世界,而这里的一切在那边并没有发生,这也许是有好处的。"说着,他笑了。

提莫斯则在想,如果达菲德暂时不存在于这个世界,那么他就可以不受干扰地吃完他的面包和萝卜派,这确实有好处。

"今天你要花点时间在我的办公室里为鲁弗斯制作表格,我呢,则像往常一样去参加训练,为了今后守护这座城市。如果发生了战斗,不论是面对敌人还是怪物,你都不必担心,我会没事的。战斗嘛,每一秒都会有生命危险,而你作为年轻的见习骑士,就安心地窝在我的办公椅里,被我储藏的美酒所诱惑,没准想着也许我再也回不来了,也不会有人赶你走啦。"

两个人一起笑了起来,然后去履行各自的职责了。

特使团出发的日子很快就到了。提莫斯一直在会见商人,并想出了有利于交易的方法。他设计了许多表格和配色方案,并不时地与鲁弗斯商量如何改良。

一转眼,提莫斯已经接受了九个星期的骑士训练了。

在特使团集合点,提莫斯的主要职责是骑在马上,保持自己在阵形的位置,努力不让自己或其他皇家骑士难堪。而他对特使团的真正贡献则体现在将来的谈判过程中,把鲁弗斯、其他商人和外交官的清单和笔记转化为表格。

集合点挤满了人,有骑马的,也有步行的。大部分人是步兵,还有五十个平民,包括野炊厨师、清洁工、小商贩和摊主。商人、财政官员和外交官都坐着马车或骑在马上。

鲁弗斯坐在一辆镀金马车里,懒洋洋地靠在自己结实的手臂上,双腿交叉,看上去非常舒服,给人的感觉就像一片安静的绿洲。喧闹渐渐停止,所有人都各就各位。护卫队长简短地说了几句话,强调大家要时刻保持警惕,并提醒值班的人注意换班时间。很快就到了出发时间,提莫斯的马像其他马儿一样刨着地,急不可耐想要撒蹄狂奔。

提莫斯把马稳住,瞥了一眼右边的一群步兵,发现其中两个人正直勾勾地盯着他,还用胳膊肘互相捅来捅去,脸上扬着灿烂的笑容。朝阳正从他们身后冉冉升起,很是耀眼,提莫斯眯起眼睛想要看清遮在头盔下方的面孔。

"丹尼尔!阿尔特!"他喊道。

丹尼尔和阿尔特看了看他们的长官,很幸运,他正在与妻子或是情人进行长久的吻别。于是他们穿过队伍，冲过来，丹尼尔拍了拍提莫斯的腿甲，大笑起来。

"神啊，你看上去帅极了！已经是骑士啦！"

"还不算是，还在见习。"提莫斯红着脸回答道。

"已经很好了。"阿尔特说，但和丹尼尔不同的是，对于提莫斯的快速进步，阿尔特的敌意听上去多过高兴，这令提莫斯有点吃惊。阿尔特一直是一个非常温和的人，带有一种清教徒的气质。他是先辈礼仪的坚定追随者。

这是他的问题，不是我。

但在思考了已经发生的一系列事件之后，提莫斯突然感到很内疚，对阿尔特，也对丹尼尔。他们现在的立场和地位截然不同，他们两个需要向他躬身行礼，并且在被点名之前赶快归队。

远处响起了号角，他们开始移动，或者更确切地说，队伍前列的人开始行动——提莫斯和他的同伴们需要等待队列前面的二百五十个人先行移动。他在第一天行程中需要带领队伍后方的人。四天之后，他们将进入阿尔曼市，在那之前，他们需要轮流带领队伍前行。

# 使者

"你是少数几个知道这件事的人之一,"行程第三晚,达菲德在帐篷里对提莫斯说。"就连鲁弗斯都不知道这个盒子。"

在他们面前的地板上放着一大捆丝绸,它们白天放在达菲德的行李车上,晚上则放在指挥帐篷中,达菲德的枕头旁边。直到半个小时前,达菲德把提莫斯从露营地的毯子上召唤到帐篷里,他才得知它的存在。

"我告诉所有人,这捆丝绸是我兄弟的未婚妻嫁妆的一部分,是非常珍贵的私人财产。"

提莫斯很好奇,从外表上看,这捆丝绸没有任何异样。

"作为在特使团抵达时参加政治会议的少数几个被信赖的人之一,你将要被告知一项机密。"

他剪开捆绳,打开层层包裹,里面露出一个华丽的木箱。

"箱子里装着两样东西,第一件是给阿尔曼领主的秘密文件。这是卡尔弗登大人及联盟成员向他发出的正式邀请,邀请他加入我们的联盟。一切都已商定妥当,这只是一个形式。更重要的是一些记录了各种军事机密和资源的文件。"

"许多人的生命与这个秘密息息相关,如果敌方联盟发现了我们的计划,我方联盟中的每一个城市都将处于危险之中。敌对势力收买间谍的可能性总是存在的，这也可能是一个陷阱，阿尔曼领主可能背叛我们所有人。你现在必须向我发誓，提莫斯，你会用生命来保护它。如果它就要落入敌人之手，那么我们当中知道这一机密的人——莱维克斯、亚历山大、你或我——必须马上拉动盖子上的链子。这会释放出两种药剂，当它们混合在一起时，会在箱子内产生火焰和酸液，破坏掉里面的所有东西。如果你看到我或中尉们的信号，马上行动，我们所有人也都会尝试去完成这件事，记住，用力拉链子。"

"我会的，我发誓，达菲德大人。"

"很好。就这么定了。那么明天——"

"呃，先生，第二样东西是……"

"哦，对了！差点忘了，抱歉。是一个龙蛋，很少见，它的幼崽将成长为非常强大的龙，其血统将进一步加强联盟的实力。它不是来自我们的龙厩，而是来自于一个遥远的盟友。它不仅有很高的实用价值，同时也代表了联盟成员对阿尔曼领主的尊敬，是一种荣誉象征。领主很想看看。"

阿尔曼城比卡尔弗登要小一些，但并没有最近遭受攻击的迹象。城墙虽然也有修缮痕迹，但依然是原有的城墙，外观完整。通往城墙的道路两旁布满了精心照料着的农场和矿场，比卡尔弗登城还要多。

"这里看起来很繁荣，"提莫斯对坐在他旁边的骑士莱维克斯说。莱维克斯是达菲德的副官之一，另一名副官是亚历山大，他正在远处和达菲德进行深入探讨。"我想知道为什么这个城市规模不大？城墙很低，我几乎看不到什么大型建筑。"

"它只是一座农场城堡。"

"农场城堡？"

"是的。很多城市是属于同一位大领主的,当地领主只是个傀儡,这些城市存在的目的是为主城提供资源,要么作为礼物,要么作为援助。所有的资源都流向了农场、矿山和磨坊,而不是军队。阿尔曼城看起来就是这样,这里有很多农场和伐木场,但矿场不多。你注意到了吗,这里只有一个野战医院和一个军营。这座城市是属于其他城市的私产。"

他们在城门处受到城市仪仗队和要员的热烈欢迎。城门外搭起了一个舞台,上面挂着条幅和彩带,乐师们在演奏着军乐。舞台的一边站着几位达官贵人,舞台中央则站着一名壮汉,脖子上挂着沉甸甸的金项链。他自称阿尔曼领主,尽管他与达菲德所描述的那位高大、健康、活泼的人完全不沾边。

达菲德从马上跳了下来,他的副官和几位年长的商人跟在他后面沿着台阶走上舞台。鲁弗斯仍坐在马车上,慈祥地微笑着。提莫斯挤在密密麻麻的人群边缘,看着他们互相鞠躬、脱帽致敬、简短问候,从莱维克斯和亚历山大的表情中就可以判断出,这些是多么无趣。

之后,阿尔曼领主和他的官员们离开了,卡尔弗登使团被引入城中。在达菲德的监督下,他们被带到了不同的住处,由他确认每个人都被妥善安置,马匹也都得到了照料。使团的两部分又分为两组,鲁弗斯的贸易团被带到了交易大厅,而包括达菲德和提莫斯在内,共计二十一人的政要团则被带到使馆大厅。那个木箱子在莱维克斯和亚历山大的注视下,由两名武装士兵抬着,引起了一些好奇的目光。

"这就是您和领主会面的场所。"当他们跨进使馆大厅时,阿尔曼的一位大臣躬身行礼道。

"这样安排很好。"达菲德愉悦地笑着,而对方在鞠躬那一瞬，眼中仿佛划过一丝嘲讽。

"领主大人正在演讲台后面等着诸位。"

演讲台后面的人并不是刚刚在城门处见到的那一位。他看上去比达菲德高出一头，非常强壮，身材没有一丝赘肉，面部表情令提莫斯想到了雄鹰。虽然他也戴了一条金项链，但看上去很轻，衣服的材质很高级，皮靴用黄金点缀，做工精美，此外既没有难看的毛皮大衣，也没有可怕的帽子。

达菲德和其他人都弯腰行礼，那人则象征性地点点头。在他身后，有各种各样的男男女女，提莫斯根据他们的披风和徽章辨认出他们是各部门的部长，这些标记与他们的城市使用的没有太大差异。

"欢迎光临。"领主说着，示意他们坐在圆桌旁。他的椅子比其他的椅子都要宽大，椅背上方雕刻着两个龙头。

"准备茶点。"一声令下，仆人们穿着传统的淡黄色仆人服从柱子和帘后出现，将点心一一送上。有奶酪和水果，大多数种类提莫斯都不熟悉，还有各种肉类、冷热均有。还有一些形状古怪的东西，让提莫斯不安地想起了他曾养过的鸡的舌头。此外，还有面包片、冰镇小圆面包、糖果做成的迷你城堡和树木。所有的菜都用镶有金色花纹的银制盘子来盛放。

当然，所有这一切都是为了给来客们留下深刻印象，但也只有提莫斯和少数年轻成员给予了关注。

关于这位领主的谜底很快解开了，他真正的头衔是卡莱斯领主，而城门前迎接他们的阿尔曼领主只是名义上的领主——阿尔曼城是卡莱斯的一个附属城。而使团真正要觐见的人是卡莱斯领主。

接下来的一个半小时，是令人乏味的谈判，辞藻华丽，措词谨慎，然而在提莫斯看来根本没有就任何事达成共识，正如达菲德所说，所有的条件事实上已经谈妥，所谓的谈判只不过是一种礼节性的形式。

领主全程没有发表意见，不时地从高脚杯里啜饮美酒，品尝美食，看上去一切与他无关。直到达菲德指了指那只抛光木箱，莱维克斯和亚历山大把箱子小心翼翼地搬到桌子上。副官们仍然站在达菲德身后，而他本人也站了起来，身子前倾，靠近箱子上的锁，将从衣领处拉出的绳子上面的钥匙插进锁里。每个人，尤其是卡莱斯领主，都伸长脖子，满怀期待。

"那么，这是什么，达菲德爵士，这就是我听说的那个礼物吗？"

卡莱斯领主站起身来，所有人都毕恭毕敬地跟着站了起来。领主的眼睛闪闪发亮，笑容里流露出贪婪的神色。

提莫斯一边忙着寻找是否有背叛的迹象，一边注视着达菲德、莱维克斯和亚历山大，看他们有没有任何暗示需要他去拉动箱子上方的链子。这并不意味着他有把握比任何人都先一步到达，因为他离箱子还有三个人的距离。

阳光从大厅上方巨大的彩色琉璃天窗中照射进来，箱子在闪闪发亮。木材的毛刺在打磨后显露出深色的光泽，细密的银线勾勒出大量龟甲的图案。自从开始了新生活后，提莫斯见过许多奇妙的事情，但这一刻真的让他屏住了呼吸。

达菲德似乎在开锁时遇到了麻烦。尽管已经知道了箱子里的内容，卡莱斯领主仍然急于看到实物，于是他大步绕过桌子，身后还跟着六个私人顾问。

终于，达菲德把箱子打开了，箱子里面另有两个盒子，每个都单独上锁。达菲德用另一把钥匙打开左边的盒子，这把钥匙栓了一根链子，系在腰带上，一直放在他的口袋里。盒子里装的是数份文件，达菲德向亚历山大和莱维克斯点点头，两个人把文件交给最年长的大臣之一，提莫斯判断他可能是财务大臣。

这时，阿尔曼使团的一半人从桌前退到帘子旁，眼神左右逡视。

发生了什么事？我是不是要去拉动链子？

提莫斯握住了剑柄，浑身肌肉紧绷，随时准备扑过去拉动箱子上的圆环。

但是，看上去并不需要这么做。达菲德和副官们显然知道这是怎么一回事，达菲德一边观看四周，一边继续像表演一般准备打开第二个盒子。只有一位阿尔曼的大臣观察着达菲德和卡尔弗登的使团成员，而不是对着箱子大惊小怪。他年纪很大，脸上有两道伤疤，右臂上还有一道长长的伤痕。那人扬起眉毛，皱着眉头。这是一位经验丰富的老兵，提莫斯想着。伴随着惊叹声和缓慢的动作，达菲德慢慢地转动钥匙，慢慢打开盒盖，里面的东西显现出来。确实有一个金蛋，大约有成人的前臂那么长，阳光穿过窗户照射其上，闪着耀眼的光芒。

卡莱斯领主贪婪地去触摸龙蛋。

就在这一刻，达菲德、莱维克斯和亚历山大一跃而起，卡莱斯领主捂着肚子倒退几步，大张着嘴，瞪大眼睛向下看去。跟在他身边、一直盯着宝箱的随从则受到了达菲德、莱维克斯和几名士兵的攻击，亚历山大则保护着达菲德。

桌边只有一个人没有受到攻击——那个小心地注视着一切的老兵，他一直坐在箱子对面的座位上。接着他跳了起来，拔出剑和匕首，把披风甩到一边，但还没走出十步就被打倒了。

不是达菲德手下的人，而是卡莱斯领主的手下干的。他把一件斗篷甩在老人头上，把他放倒了，接着一把匕首刺中了他，这次是莱维克斯手下的人出手了。

不过数秒，卡莱斯领主和他的十一位大臣就躺在地上，不是已经死去，就是在痛苦中扭动着，到处都是鲜血。达菲德用卡莱斯领主的外衣擦了擦匕首，手下的人正在翻捡着尸体，结果掉没断气的人。

提莫斯僵住了。

阿尔曼的使臣和卡尔弗登使团的其他成员注视着这一切，夹杂了震惊、厌恶，还有一些毫不掩饰的得意。一名阿尔曼男子忍不住吐了出来，他身旁的一位年纪稍大的女人瞪了他一眼，快速走开。

"嗯，女士们，先生们，"达菲德说话了，"这次不幸事件进行得如预期一般顺利。虽然痛苦地坐直身板在阿谀奉承之中谈正事很是无趣，不过一切都结束了。"

他指了指阿尔曼的剩余人员。

"所有的文件还在这个盒子里，正如承诺的那样，你们将从卡莱斯领主的财产中获得更多的土地。现在，请就座，还有很多问题需要讨论。"

他们一个接一个地回到桌边，避开另一边的尸体，不停地挪动着椅子。提莫斯仍然站在那里，握紧拳头，心怦怦直跳。

这是什么？达菲德？

"首先，来些人把他们处理掉，"达夫德指着身后的尸体说，"把他们挪走，清理干净，然后再把那个孩子带进来，没必要让她看到这一切。尽管我从卡尔弗登领主大人那里得知，雅典娜几乎从未见过她的父亲，卡莱斯领主可不是个顾家的人。"

奴隶们立刻带着担架赶过来了，他们表现得更加自信，提莫斯这才意识到他们一直在演戏。这些都是士兵，是阿尔曼阴谋的一部分，这些人已惯于接收指令，精通处理死者的技巧。

达菲德往后一靠，把他从箱子里拿出来的文件翻了一遍，另外两个小盒子已经拿走了。他扫了一眼，让亚历山大把文件分发给阿尔曼的大臣。有些人笑了，大多数人则小心翼翼地看着手里的文件。起初，没有人说话，后来开始窃窃私语。

接着，一个年轻女子说话了，她的表情傲慢，似乎不习惯被士兵，哪怕是皇家骑士团的指挥官发号施令。

"指挥官大人，请您明确告诉我，你们打算怎样对待领主的孩子。"

"什么，夫人？哦，什么也不做，也就是说，孩子会得到非常好的照顾，但是，是在卡尔弗登，而不是这……这里。"达菲德环视四周，"阿尔曼的防御太差，而卡莱斯城的宫廷阴谋对于她来讲更为危险吧。"

"卡尔弗登大人会照顾她，直到她成长到了适当的年龄，可以凭自己的力量统治卡莱斯城为止。毕竟，作为合法继承人，卡尔弗登领主无意干涉她的继承权。当然谁也不知道他以后会怎么想。"

"不管怎么说，在几个小时之前，我们已经说服了卡莱斯城的其他附属城中的领主，任命你们六人为他们的新继承人。如果一切按计划进行，过去一小时内，他们已经在各自的城堡中去世了。所以，你们六位，"说到这里，他停顿了一下，快速朝六个紧张的大臣们弯弯腰，"现在是新领主了，不再受卡莱斯城的约束。在你们签署了这些文件之后，你们将效忠于卡尔弗登领主大人。卡莱斯仍将是一座美丽的城市，但从今往后，它将再无任何附属城市。那么,我们可以开始签署效忠誓言了吗?"

他做了一个手势,亚历山大示意一个书记员走上前来。阿尔曼代表们也走上前来,各自签署了面前的文件。

"你们会注意到,你们不仅得到了各种各样的赏赐,而且也宣告了你们对卡尔弗登领主大人的忠诚,并将继任者的指定权托付于他。"

"啊,这就是雅典娜,新任的卡莱斯领主了。"这时两个女人紧张地把一个大约11岁的女孩带了进来。

"我认为她需要感谢指挥官丹弗雷大人,或者应该称呼您为洛兰领主丹弗雷大人,是您在三个月前提出了这一建议。"达菲德向一名微笑的男人点点头,而后者正在不停地折着手里那张誓约书。

"真讽刺,不是吗?"新晋的洛兰领主一边用匕首尖剔着指甲一边说。"已故的卡莱斯领主本可以在今天活下来,前提是没有指定继任者。"

达菲德轻蔑地看着他。

沉重的大门缓缓打开,大家都转过身去看。

"阿尔曼领主,请进吧!"

穿过使馆大厅的路程对于阿尔曼领主来说一定无比漫长。他弄丢了那顶奇怪的头冠和那件可怕的斗篷,一只眼睛瘀青着。两个身强力壮的士兵搀扶着他勉强走完这段路。

"现在,阿尔曼领主,您看到这些人了吗,他们现在都归属于我们的领主大人了。卡莱斯领主已经过世了,或者更确切地说,"他微笑着对站在她中间的年轻女孩说,她和身边的两个侍女看起来一样困惑。"这位年轻的女士,雅典娜,是新任的卡莱斯领主。所以这个小家伙现在是你的新主人了。哦，您说什么，卡莱斯领主？"他把一只耳朵朝向女孩，装作倾听的样子。"您不再需要这位好领主了吗？那么你想要……哦，您要他宣誓效忠卡尔弗登领主大人？您真是太慷慨了，卡莱斯领主。"

雅典娜看上去既惊恐又困惑，泪水不断地从眼角滑落。

"对不起，我忍不住要戏弄一下这个人。这是我的错，我向您道歉，女士。一切都很好，您没有什么可害怕的。"达菲德说着，向女孩行了礼。

"那么，阿尔曼领主，你怎么看？今天这里有六位——如果算上新任卡莱斯领主，那就是七位新领主产生了。据我所知，你已经把自己的继任者指定权交托给了卡莱斯领主，尽管你所交托的是上一任领主，而不是这个小女孩。你是打算让这个房间内出现第八个新领主呢，还是想要把披风和佩剑交给卡莱斯领主？当然，更令人愉快的选择自然是把继承权和所有权都交给卡尔弗登大人。这里的杀戮够多的了，我的胃也受够了，所以请在我的副官递给你的文件上签字吧。"

就这样，尘埃落定了。提莫斯在不知不觉中参与了一场骇人听闻的阴谋，他帮助了自己的领主接管了几个新城市、他们的人民和财富。虽然他事先不知道这一切会发生，就像他没有亲手去杀掉这些城市原本的领主。然而，他仍旧是这场由卡尔弗登领主发起的篡权和谋杀的参与人之一，而他与达菲德的友情现在看起来不过是一场骗局。

"所以请记住，女士们，先生们。不要因为这个小小的成功而产生什么不该有的想法。你们现在比以前更富有、更强大，如果表现良好，你们可以有更大的提升空间，甚至可以在卡尔弗登大人的属城中游历。"

"卡尔弗登大人终有一日将成为国王,而在座各位不过是他的领土上的一个小角色,如同巨大机器上的一个齿轮。无论是哪种,你们现在都是领主臣民的一分子了。"

## 归途

返程的第一天，达菲德骑着马来到提莫斯面前，示意他停下来，接着他控制着马，让两个人可以在马背上面对面交谈。

"觉得怎么样，提莫斯？"

"我不能容忍这种背叛，达菲德，我们还绑架了那个孩子……"

"我能理解你，提莫斯，真的，面对现实并不容易。你并不了解事情的真相，前卡莱斯领主本人也在密谋反抗卡尔弗登领主和我们的联盟。毫无疑问，这种威胁必须消除。那么，为什么不以最有利的方式进行呢？这么一想不是很有道理吗？"

提莫斯冷冷地盯着达菲德，一个他完全不了解的人。

"现在你必须做出选择，"达菲德说。"这几个月里，你表现出了超凡的潜力，卡尔弗登大人认为每个人的生活中都需要有一个充满希望的选择，一个充满理解和接受的选择，以好的结果为导向。有时候，为了领主和联盟利益，对于其他人来说可能是错的事情，我们也要去完成。或许有些人声称一些道德规约无论如何也不能被破坏，就像是不能为了救人而杀人，哪怕是杀一救十。"

"卡尔弗登领主尊重这一选择。但如果选择是错误的，那么有潜力的人就会立即成为巨大的威胁，而不再是机遇。正如你们所看到的，我们必须应对威胁。所以啊，小提莫斯，选择你来参加这次的冒险之旅只有一个原因：是时候做出你的选择了。当我们回到城堡的时候，你一定可以下决心了。不要想着说谎，因为一旦你说了谎，实际上也是做出了一种选择，因为你认为这个谎言的目的是正确的。尽管你认为你是为了领主而做出的抉择，然而你也会因为说谎而选择了死亡。除了完全效忠，别无他法。"

达菲德动了动膝盖，他和他的马就在一片扬尘中回到了车队的前面。

提莫斯在这天余下的时间里对周遭充满恐惧。他无法做出决定，也不能理解什么是结果决定过程。这是否意味着他不会为了拯救他的村庄而杀人？但他会。即使是现在，他也发誓要找出入侵者并消灭他们，就算这样做并不能拯救任何人。但这是不同的，这是对已经犯下的罪行的惩罚。至于到底哪里不同，提莫斯说不出来。

尽管他对达菲德感到愤怒和厌恶，但第二天早饭前提莫斯还是找到了他。

"我需要谈一谈。我要了解我们卷入事件背后的原因。"

"我尽力，提莫斯，但有些事我不能轻易告诉你。我确实想帮你，你是个好孩子，我也知道你现在正与你的良知做斗争。我很抱歉，但我不得不说，这就是生存法则。"

提莫斯告诉达菲德他对杀害他父母的人的看法。

"我也相信，如果他威胁要杀我并且我确信他会这么做的时候，我就会杀了他。但那是不同的对吗？"

"没什么不同，要么是直接的威胁，要么是直接的惩罚，这时候是一样的，因为别无选择。"达夫德一边喝着木槿花茶一边说。"当你在战斗中杀死一个敌人，一定是在他把剑刺向你之前，而不是之后。"

"那如果不是立即发生的事情呢，假设我知道他可能要密谋杀害我的父母，然后在他动手之前我去跟踪并对付他，又算什么？"

"没有区别，你解除了绝对存在的危机。"

提莫斯并不认为这是完全相同的，但又能有多大差别呢？提莫斯应该在杀人凶手杀死他父母之前的几周、几个月甚至几年前就先下手为强吗？还是在那个杀人凶手有了这样的想法之前动手，又或是在事件发生的场景出现之前？如果那个人知道提莫斯要杀他，他会对提莫斯说什么？提莫斯会因此而死吗？当然，如果真到了那个时候，提莫斯会有更多的选择。现在，他是效忠于卡尔弗登领主的，他胆敢质问领主大人吗？从很多方面来说，这是一件不可能想明白的事情。

但他很小心地没有表达出来。

"我明白了。那么，就卡莱斯领主这件事来说，就是类似的情况吗？"

"是的。我很高兴你终于看明白了。"达菲德似乎很满意，重重地拍了拍提莫斯的后背。"好了，去吧。"

提莫斯谢过达菲德后离开了，然而他对这一切再也不像以前那样觉得舒服了。

尽管提莫斯与达菲德进行了交谈，表面上看来达菲德似乎认为他已经接受了现实，在余下的旅途中，对他都表现得非常友好，但提莫斯知道他仍然受到监视。莱维克斯会和他谈论天气或者盔甲，然后向提莫斯提出问题，试图让提莫斯承认他并不站在卡尔弗登领主这一边。提莫斯偶尔会看到莱维克斯向达菲德密报，后者则摇着头让他离开。

提莫斯并不清楚他的选择是什么，更不用说第三天晚上他应该采取什么行动了。他没有再一次独自陷入沉思，而是去了步兵营地，找丹尼尔和阿尔特作伴。阿尔特像是已经接受了他，提莫斯非常喜欢他们讲述的晚间故事和笑话。

最后他们回到了广阔的平原上，离卡尔弗登城越来越近。他们出发之时围在四周的许多城市都已不见了。根据达菲德所说，原计划是一旦收到消息说，针对卡莱斯和阿尔曼的行动已经成功，附属城就会立刻传送到联盟的主基地去。毫无疑问，他们使用了之前提到过的领主之间奇怪的精神交流。

平原上现在只有四个城市。卡尔弗登城的东、西两边各出现一个城市，彼此相隔一段距离，谁也无法辨认两个城市的旗帜。每个城市朝着卡尔弗登城的方向都可以看到一长串军队正在行进，他们聚集在城外的尘土之中。

随着亚历山大的一声呼喊，卡尔弗登使团开始快速前进。不多时，他们就能透过烟尘看到卡尔弗登的城门已经关闭，城墙上挂满了战旗和信号旗。城门前停放着攻城机，空气中弥漫着战火硝烟。又一场攻防战开始了！

当警报传到车队时，似乎引起了一阵骚动。战士们，尤其是步兵们，一个多星期以来每天行军都超过 15 个小时，并且在卡莱斯只休整了一天，毫无疑问，现在的他们疲惫又烦躁。骑士则更为压抑，但即便如此，他们还是准备好长剑和长矛，做出战斗准备。

在东面很远的地方，可以看到第四个城市，在地平线之上，从模糊变得清晰——它也在派兵赶来。

"看！"莱维克斯指着天空大喊。

一条巨龙正朝卡尔弗登城飞去，显然它是从第四个城市出发的。它在天空盘旋了一圈，毫无疑问是在侦察，他们看清了它的铠甲颜色。接着巨龙原路返回到了出发地，那里有一片黑压压的军队。

"那条龙是从莫文城来的，不过莫文很小，它的主人又很年轻，只不过是一座城堡和几个士兵而已。"达菲德喊道。

提莫斯意识到这并不是敌人，而是卡尔弗登联盟里的一个成员。

"即使莫文的兵力是敌人的十倍，等他们到了也太晚了。"亚历山大说。"这场战斗将是我们抵御联合敌人。会是谁呢？"

"不知道，"达菲德说，"太远了，看不清他们的颜色，但似乎都不是明亮的颜色，会是维京人的城市吗？"

就在这时，两条龙从卡尔弗登城的上空飞了起来，尖叫着，怒不可遏。提莫斯看到其中一条龙在战斗，就是之前对付骷髅的那一只。这一次完全不同，即使身处远方，即便知道这两条龙是卡尔弗登的一部分，然而当看到火雨从天而降时，仿佛有一只冰冷的手攥住了他的心脏，他听到了愤怒的吼声和敌人不甚清楚的尖叫。

"他们的目标是攻城车。"达菲德说，当龙出现的时候，其中一架石弩冒起了黑烟。

使团中有很多平民，这些天来，他们一直在大谈特谈他们是如何敲定各种交易，如何估算利润，如何吹嘘新业务的发展。但现在，他们凑在一起，瑟瑟发抖。战士们警惕地带着他们撤离，而这群人仍然惊慌失措。很快，有三个人脱离了队伍，向达菲德飞奔而去，叫喊着命令他让出优先撤退的机会。他们走近了达菲德、莱维克斯和亚历山大，进行了激烈的争论，而提莫斯无暇顾及这一切，他正在与骑士们一起冲向战场。

争论越来越激烈，声音也越来越大，直到达菲德抽出剑在空中一挥，大喊道，"够了！"

三个商人缩回马上，最终回到了他们原来的位置，仍旧高昂着头，试图保持高傲的样子。但从提莫斯所在的队伍左翼，他可以看到他们在恳求鲁弗斯应该坚定地面对达菲德。但鲁弗斯只是坐在马背上，似笑非笑，他的思绪中大概有一半前任英雄的想法。商人们闷闷不乐地放弃了，脸上挂着阴沉而恐惧的表情，仍然小声嘀咕着。这时候就算提莫斯看到商人们策马逃走也不会感到惊讶。

达菲德和副官们对战斗路线进行评估，随着与敌人之间的距离越来越近，每个人也都在内心盘算即将到来的战斗中，自己的角色。

"给我上！"达菲德举起剑喊道，加速冲了出去。号角声接连响起，几秒钟之内，整个商队就分成了几个部分。

骑士分成三组，一组由亚历山大率领向东行进。提莫斯跟在莱维克斯之后，向西攻击进犯者。而达菲德直接前往卡尔弗登主城门方向，那里集结的敌人最多。离马车比较近的步兵很是幸运，他们直接跳上马车，把车里的东西扔出去，再把同伴拉上车。

提莫斯立即意识到了这一策略，这是为了分散敌方注意力。号角继续鸣响，警告着攻击者，同时削弱了敌人对卡尔弗登的攻击焦点。看到三组力量，敌方指挥官将被迫展开三面防御。从理论上讲，这将极大缓解卡尔弗登城的防御压力，使他们能够打开城门，对攻城者进行反击，而巨龙则继续向攻城车发射燃烧弹。

当骑士逼近时,达菲德和副官们评估着这两条进攻路线中哪条防守更为薄弱。然后,他们将全部精力集中在选中的路线上,集结兵力,迅猛攻击。这样一来,尽管来自使团部队的攻击规模很小,敌方指挥官仍然需要把部分兵力从围攻卡尔弗登转移到已方防守上来。

这一策略能否奏效取决于许多因素。达菲德的部队人数虽然少得可怜,但这并不重要。敌人不得不分散兵力去抵御来自其他方向的突然攻击,卡尔弗登城就可以发动全面反攻。哪怕减轻一点压力,对于主城来讲也百无一害,一点儿突发状况在战斗中可能会变成决定性因素。

这是一场教科书式的战斗,尽管这种情况很少出现,但并不是没有发生过。这类战役有许多案例,提莫斯曾在档案馆中深入研究过。它们详细描述了真实场景,并用枯燥的文字进行了客观的分析。

作为亚历山大的攻击目标,东面的敌军力量看起来是最弱的,因为敌方骑士们遥遥甩开了自己的步兵。在信号旗的指挥下,莱维克斯也指挥他的部队向东行进。

但此时入侵者的兵力已经从西边被莱维克斯引诱而出,失去了与之交战的对手,西边的敌人被迫重组,并且决定是重新回到卡尔弗登城还是西边的盟友处。

达菲德的援助策略生效了。一场大规模的联合攻城战变成了四场小规模战役。从被围困的那一刻开始,卡尔弗登城就悄悄派出了攻击部队,从后方包抄了侵略者们。援助的时机恰到好处,如果使团再晚到一个小时,敌方攻城机发挥作用,那时就太迟了。

与此同时，莱维克斯的部队正与亚历山大一道，向东面毫无防备的敌军步兵发起全面进攻。从数量上看，莱维克斯和亚历山大寡不敌众，但提莫斯知道，这种狡猾的战术使敌军指挥官无法兼顾两个方向。

在最后一刻，亚历山大的部队更改了行进方向，直奔卡尔弗登城，留下莱维克斯率领他的骑士直冲西方步兵，用马蹄、长剑、弓箭和长矛击杀敌军。

提莫斯在战前非常紧张，然而当他近距离看到盔甲和武器的样式时，他被激怒了。这些入侵者确实是维京人，尽管他们不是来自科斯维克，那座曾经入侵了提莫斯家乡的城市，但他的血液却沸腾燃烧着，仿佛这就是他的生死大敌。就像是揭开了一层鲜血与黑暗的面纱一般，朋友和家人被屠杀的记忆占据了他的整个身体，火焰般的能量传遍全身。他不再把面前的敌人当作人，而像是清理梦魇之中的一些影像而已。

在接下来的时间里，提莫斯右手挥舞沉重的剑，左手则举着长矛，左前臂上挂着厚重的盾牌，长矛的枪托紧紧地贴在腹部盔甲处，因反作用力而形成了一个特殊形状的凹陷。他不停地冲杀着，把受伤的同伴救到身后，再由其他人来带走。

一名女性维京士兵将长矛刺入了提莫斯的臀部和左腿甲之间的空隙，引起一阵剧痛。幸运的是，这一击只是划破了表皮，并没有深入肌肉。提莫斯扔下自己的长矛，夺过对方的长矛，怒吼着将长矛深深地刺进那个人的胸膛。他发现这支矛比自己那支轻矛更加有效，便换用这一支长矛，继续往前冲。他并没有回头，但可以清楚地听到背后的女人被紧跟在他后面的伦道夫爵士砍下了头。

在战斗的喧闹声中，伦道夫爵士在大喊着什么，声音戛然而止。提莫斯转过身去，清楚地看见伦道夫倒在地上。提莫斯从自己的马上跳下来，在另一位骑士的帮助下，把伦道夫绑在他自己的马鞍上。提莫斯拍了拍伦道夫的马屁股，这匹训练有素的战马朝着相反的方向冲了出去。提莫斯希望伦道夫能脱离危险，活下来。

现在，提莫斯还留在原地，在他和自己的坐骑之间有三个维京步兵，他们想要一起围攻他。他们拿着沉重的剑和盾牌，提莫斯手腕一翻，把匕首抹向其中一人的脖子上，力道之大，令对方后退几步绊倒了。一把剑从上面刺出来，刺穿了第二个人的肩胛骨，他也倒下了。接着，这个挥剑救了提莫斯的骑士命令他的马向第三个人踢去，马蹄踢碎了他的骨头，他大叫着摔倒了。

一个骑在马上的骑士把长矛递下来，想让提莫斯抓住它爬上马，然而，意外发生了。提莫斯在用力的过程中身体失去了平衡，倒在了自己的马的侧翼上。而这时，拿着长矛的莱维克斯突然丢下武器，双手捂着头盔，眼睛的缝隙处插着一支箭，血从头盔上喷涌而出。那支箭看上去嵌入了大约6英寸。当提莫斯努力坐直身子时，他惊恐地看到莱维克斯一头栽了下去，倒在地上，脚还挂在马镫上，到处都是鲜血。提莫斯还没来得及抓住那匹马的缰绳，它就逃进了混乱的战场之中。

提莫斯骑着马继续往前走，大喊着"莱维克斯倒下了"，试图把这个消息传出去，它希望莱维克斯的马能记住它曾经接受过的训练。它的骑手受伤了，或者更严重，希望它能带着他离开战场。

指挥官离场了，提莫斯成了这片战场上最重要的骑士。他举起手示意他的位置，听到后面有人在回应。提莫斯站在马镫上，手高举在空中，环顾四周，发现敌方步兵已经准备就绪，向卡尔弗登城派出的部队方向前进着。战场离城市越来越远。提莫斯发出了约定的信号，这个信号本应由莱维克斯发出。他的手上下挥动，从喧闹声中传来了应和，这是佯退的信号——慢慢地后退，好像被敌方压制住一样。事实上，敌方部队已经取得了优势，无论如何，撤退是必要的。佯退是一种策略，它可以诱使敌人向前猛冲，加速他们从战场上撤离，去追击他们认为自己即将打败的骑士。

提莫斯也在撤退，但他和所有的骑士们一样，一边保持攻击，一边慢慢地向后退。

很快，维京步兵获得了增援，提莫斯他们不得不进行真正的撤退。提莫斯采用所有军队惯用的方式，挥舞手臂画着圆圈，看到这一幕，维京人欢呼起来继续追击。骑士们策着马，继续挥舞着剑左右攻击，保护着同伴们撤离，留下一群维京人挥着拳头在原地大吼，他们的身后宛如屠宰场，同伴深陷其中，而他们离本应留守的位置越来越远。

提莫斯名义上仍然是这支队伍的领袖，当他离这些溃不成军的敌人大概几百米的距离时，他发出了集结的号令。

当所有人都聚集在一起时，提莫斯向他所见到的最年长的骑士维斯平鞠了一躬，把指挥权移交给了他。维斯平向他点点头，举起了自己的手臂。

两名侦察兵被派去近距离观察其他战场的情势，使团部队正在对远处另外两场战斗进行评估，哨兵在马背上高度集中注意力，等待着来自亚历山大或达菲德的信号旗。

"我们干得不错，伙计们，"维斯平喊道。"我们可能给了卡尔弗登城一个机会，可以把其他战场上的事摆平！"

维斯平驾着马小跑到提莫斯旁边。"做得好,时机恰到好处,你还能保持冷静,向你致敬,先生。"

就在那一刻,提莫斯开始呕吐,不过他并不是一个人。

在尽可能地整理好自己后,提莫斯走近维斯平,把他所看到的关于莱维克斯受伤的事情都告诉了他。

"那么,看来我们不大可能见到他了。"伦道夫说着低下了头。

一个从西北方返回的侦察兵打断了他的哀悼,他们匆匆开了个会。然后维斯平又喊了一声,用信号指示着骑士们向卡尔弗登城方向直冲过去。

莱维克斯的眼睛和大脑受到如此重创,很可能已经牺牲了。然而,伦道夫却非常活跃,当骑士们奔赴战场时,他对周围的每一个人都大声鼓励。不过他脸色苍白,显然刚才摔得不轻,在到达卡尔弗登城外的攻城战场之前,他就落在了后面,牵着马慢慢走着。当提莫斯回头看时,伦道夫还在挥手鼓舞着他们。

新的战斗又要开始了。提莫斯他们来到了东部敌军的骑士后方,现在这股敌人需要抵御城头上的箭雨攻击、达菲德爵士的步兵方阵掩护之下的弓箭手,还有提莫斯他们这些刚刚抵达战场的骑士。看上去他们走投无路了。

与骑士作战和与步兵的屠杀大不相同。首先,高度上失去了优势,要和对面的骑士近距离接触是非常困难的。这些马虽然训练有素,身手敏捷,可以突然停止、起步和转弯,但要想摆出合适的战斗姿势来对付刀剑或长矛的攻击却非常困难。这需要更高超的技巧与时间。在掌握了战术技巧、耐力和手臂力量之后,提莫斯再次在心里感谢杜兰特强迫他在铸造厂做了长时间的苦工,他那媲美铁匠的肌肉让他得以击败了两个对手。

城门外的区域一直被敌人控制着,有效地将卡尔弗登城内的部队困在其中。这些前来进攻的城市在传送之前就熄灭了城内所有灯光，并且在天黑还没有月光的时候派出了军队。现在，城门前的区域被清扫出来，在最后几分钟，卡尔弗登的指挥官打开了门，在弓箭手和部队的强力掩护之下，由骑士作为先锋队，步兵紧随其后，涌入了战场。

这些一直被围困在城中的部队力量一旦被释放出来，威力惊人。随着一阵阵号角声，东边城市的敌军指挥官们看清了形势变化，下令从战场中迅速撤退，在步兵遭受如此可怕的打击后，他们无法承担进一步的损失。

卡尔弗登城内部队在四面八方的欢呼声中继续冲锋，西边城市意识到他们已经被盟友抛弃了，甚至等不到撤退的号角声响起就落荒而逃。

城墙又遭到了来自攻城机器的新冲击，一座瞭望塔后面升起了黑烟。提莫斯可以看到墙外的一个农场上空升起了烟雾。他再次怒火中烧，策马冲向庄园，不顾他身边其他骑士的叫喊，其中一些骑士甚至大呼"提莫斯发狂了"。但是当他到达那里时，他看到的只是一堆干草在燃烧，滚滚浓烟从刚割下来的草里冒出来。虽然有许多路过的马和步兵的足迹，但农场似乎没有什么伤亡，人们在看清楚他的服装颜色后欢呼起来。

提莫斯下了马，来到广场上，立刻被各式各样的人团团围住，他们都急切地想要拍拍他的背，或者和他握握手，向他递来清水和啤酒。他很高兴他们没有看到他头盔后面流下的泪水，并且误认为他那急促的呼吸是因为奔跑而非哭泣。

他很快就平静下来，向大家道了谢，然后重新跨上马，向城门走去。途中他正好碰上伦道夫，后者也认出了他，朝他瞥了一眼，露出一个大大的笑容。

"救星，提莫斯！你拯救了我的家庭，我的妻子儿孙，我从心底里感谢你。莱维克斯的事情让人很遗憾，但这就是战争。"他说着，在前额上比了一个大地女神的手势。

"哦，看那儿。"伦道夫指着田野那边说。"勇敢的商人和大臣们慢吞吞地跟在我后面，这也是导致我受伤的原因。看看他们，坐在马鞍上，坐在马车中，坐在舒适的垫子上，多么高傲！哼。但今天，他们也是这场伟大胜利的一部分！"说完，他又朝提莫斯龇牙笑了起来。

确实如此。当庆祝晚宴在城里的广场上举行时，这些商人和大臣们英勇奋斗的故事迅速传开，夸张程度如同之前那些骑士和步兵们互相吹嘘的那般。提莫斯确信镇上所有人一定都见过这种行为，并参与到这场谎言之中。事实证明，这种情况下大家总会如此，每个人都想象着自己是战争的一部分，这才有谈资。在庆祝胜利的当口，与其谈论鲜血、仇恨与现实，为什么不说一些夸张过头的英雄事迹呢？故事越精彩，士气越高。

当他进入另一个酒馆，一直喝到第二天凌晨烂醉如泥的时候，提莫斯自己的神话、救世主伦道夫的故事、击杀百人最终不幸遇难的莱维克斯，这些已经在酒精与欢呼喧闹之中传扬开了。

同样，那些令人怀疑的关于敌方势力的可怕故事，从古到今层出不穷。维京人住在海边，他们以埃西尔的名义为领主们捕获奴隶，其狂热程度甚至超过了对黄金的渴望。那天晚上的故事是关于奴隶们被绑在攻城机器上，甚至被绑在马车上，就像对待动物一样。提莫斯没有看到任何证据，但他和其他人一起喝酒时，却打心底里赞同这件事情。

最令人惊讶的是，当他终于摇摇晃晃地回到营房时，他的战友们也把他奉为英雄,并递给他一封来自指挥官的表扬信,高度赞扬了他的表现,上面还有卡尔弗登领主本人的会签。

看起来达菲德找到了另一种方法,把提莫斯牢牢拴在了自己的阵营。

他躺在床上,看着天花板不停地旋转,正当他考虑是先洗个热水澡再美美地睡上一觉,还是先睡觉后洗澡的时候,营房外大喊着有人来找他。

"让他进来吧!"他大声回答,不情不愿地挪动着疲惫的身躯,终于找到了平衡,挪到了浴室。

"他不进来,他说他叫阿尔特。"

阿尔特?提莫斯站起身,摇摇晃晃地走到门口。阿尔特站在门外,仍然穿着血迹斑斑的战斗装备。他低下头,咕哝着向提莫斯打招呼,尽管提莫斯再三询问,他仍然沉默了好长时间。

"怎么了,阿尔特,发生什么了?"

阿尔特抬起眼,悲伤地看着他,提莫斯的心沉了下去。

"是丹尼尔吗?他发生了什么?难道他死了?"

阿尔特摇摇头。"没有,但他受伤了,正在昏迷中,一切都完了。战争结束后,我们被派回来收拾战场,这本来很简单,我们很快就干完了。突然一个巨大的半人马不知从哪里冒了出来,太可怕了。它径直朝我们冲了过来,我及时躲开了,可丹尼尔正好拦在当中。接着半人马倒在了丹尼尔旁边的车上,车毁了。我们都以为丹尼尔也完了,不过……"

"我的天啊。"提莫斯倒吸一口气。

"感谢大地女神,他没有死。一开始他还笑着吹嘘自己第一次杀了两个人,接着他失去了意识,多处粉碎性骨折。"

提莫斯觉得自己仿佛被浸在冰水中,他倚在了墙上。

"要到明天才能允许探视,医生说他会康复的,但不能再当兵作战了,他们会支付一笔抚恤金。我帮他清理储物柜的时候,他还没有恢复意识。我发现了这个,这大概是他唯一的私人财产了。他无家可归,所以我想这应该是他想交给女朋友的吧。"他拿出一本又旧又破的小书。"我觉得最好由你来交给乔伊,告诉她这个不幸的消息,我知道你们关系不错。"说完,阿尔特把书递给提莫斯就离开了。

这本书的封面是皮制的,书名是镀金的,上面写着《奥芬德卡雷先人语录》。提莫斯翻看了一遍,他以前从未见过这本书,书中每一页记录了六句关于生活的格言,不那么虔诚,也不那么世俗。它看上去很旧,但应该是丹尼尔的一件宝物。

提莫斯叹了口气。乔伊需要知道所有的消息,他也得把这本书交给她。他不得不这么做,现在就去。

他心情沉重地走在喧闹的大街上,一直走到乔伊的主家。看门人去找乔伊的时候,他在大厅里等候着,又读了读手册里的话,发现其中一两句话多少安抚了他,同时又能带来希望。这些应该是丹尼尔的祖先们的智慧结晶,富有深意又易于理解。然而,形成这些想法的人已经故去,充其量也不过是以精神的形式存在。提莫斯想着,是不是他的家人,丹尼尔,甚至是被杀掉的敌人和怪物,也在精神上与他同在呢?这时,乔伊来了,看到提莫斯她很吃惊,当提莫斯说明一切之后,两个人默默相对,流下了眼泪。

## 贤者智慧

在回城后的一段时间内，提莫斯都没有见到达菲德。他逐渐接受了阿尔曼事件，在他看来，他本来就是无辜的。从某个角度上讲，他背叛了自己，假装赞同卡尔弗登领主对卡莱斯领主的背叛，失去了自己的道德标准，这是对是错他自己也迷失了。他向自己和先祖起誓，他不会故意参与或支持任何其他类似的欺骗。

提莫斯密切关注着使团中政要团的那些人，他们在他面前，至少在他遇到的少数人面前，似乎并不感到不安。这些天来，他第一次感到莫名的安心。

一个炎热的下午，当他躺在铺位上看书时，两个室友一边说着话一边走了进来，并未察觉到房间内还有其他人。两人的铺位在营房的另一头，但提莫斯仍然听得清清楚楚。他们在谈论关于使团中两个步兵的事，这两个人在酒馆里冒失地谈论了阿尔曼事件，接着卷入了一场打斗之中，被打死了。这种意外偶尔会发生，可是，听两个骑士的意思，这场死亡似乎是上级下达的任务，还是说提莫斯过度解读了？

提莫斯迅速把书放在胸前，假装睡着了，轻轻地打着鼾。过了一会儿，门被打开，又关上了。又过了几分钟，他伸了个懒腰，好像刚睡醒似地朝四周看了看，此时又剩下他一个人了。

除了闭上嘴巴严守秘密，睁大眼睛保持警觉，他还能做什么呢？他小心翼翼地不跟任何一个同伴单独待在一起，走在街道上也是紧贴有着灯光的一侧，睡觉的时候则枕着他的长剑短匕。

尽管心存疑虑，提莫斯仍然按照指令，更好地去履行职责。他认为他的忠诚不仅属于他的家乡，也属于卡尔弗登领主，尽管也许这是错误的。领主仍然眷顾着他的子民，他重建了农场和伐木厂，加固了瞭望塔和城墙，扩充了军队，增加了医院的数量，等等。卡尔弗登领主在人民的心中是那么的慷慨善良。

这真是一件复杂的事情，让人心力交瘁。

他把空闲时间安排得满满的。只要有空，他就守在昏睡的丹尼尔身边，在医院里学习、工作、读书。丹尼尔全身缠满了绷带，非常笨重，虽然他本人意识不到。乔伊大多数时间也在，她没有读书，总是唱着柔和的歌。提莫斯为他们感到难过，有时因为过于痛苦而不得不离开，免得自己出丑。他经常从自己的伙食配给中拿出一些水果和糖果，分送给其他病人、护士、勤务兵和医生，当然还有乔伊。

他有时也会碰到其他访客，有一些是丹尼尔欠钱的人，像是酒馆老板，丹尼尔欠他一笔小钱；还有制皮工人；还有一些人声称也是债主，但看上去不太可信。不过提莫斯并没有多问，全都付清了，也没有注意到护士看到了这些并转告给了乔伊。

这天，提莫斯正在龙塔上和队友们练习与被捕获的怪兽对抗，当这只兽龄中等的年兽被放出来的时候，有人叫他出列。他在队列中的位置被另一位骑士自然地占据了，他大步走了出来，想着这次又会是什么事。

出乎意料的，这次并不是达菲德爵士的召唤，而是卡尔弗登领主的一名中尉前来送信。信上写道，达菲德爵士即将离开皇家骑士团，升任大臣；亚历山大接任皇家骑士团指挥官。而提莫斯则被任命为中尉，立即生效。

提莫斯的晋升速度之快引人注目，在短短几个月内就成为军官级人物，了解内情的人都为他高兴。众所周知，提莫斯工作努力，能力过人，而且事实证明，他是一位严厉而公正的领导者，且不忘初心。他定期去拜访骑士们，无论是皇家骑士还是普通骑士，还经常和步兵聊天，有时还会谈论像丹尼尔这样离开战场的战友，以及其他战友和平民百姓。他精力充沛，工作勤奋出色。但有一件事他一直谨慎对待：他从来没有表露出对人人敬爱的卡尔弗登领主的怀疑。

有一天，领主交代给亚历山大和提莫斯一个新任务，为下个月从联盟其他城市来的外交官访问团制定出安保细节。提莫斯作为访问期间的工作人员，必须集中精力学习行程安排、住宿安排，并为出行路线制订最佳的保护方案，确保访问团在这期间免受任何伤害。

提莫斯花了很多时间思考，如果再次发生叛变他该如何处理。他决定去拜访老玛丽，看看她能否提供一些关于访问团城市的风俗习惯。玛丽看到他的时候很是开心。

"等我一会儿。"她说着走到桌子后面，然后绕到他身边，手里拿着一捆义件，用柔软的羊皮纸包着，外面用丝带系紧。这是档案馆里大多数档案的特点。

"我想你可能对这个感兴趣，"她说着，把它拿了出来。

"这是什么？"

"这是世纪最著名的著作，作者是贤者苏珊。"

"那不是研究供需数学的那位女士吗？"

"她研究的可不止这些，她的研究告诉我们人的互联性。假设你想和一个在龙巢城工作的人取得联系，比如说一个叫彼得的人。你可以去龙巢城直接问，但是，如果你去询问所有的朋友是否有人认识他，并让你的朋友们再去问他们的朋友，直到找到可以联系到他的人，又会如何？"

"贤者苏珊的研究表明，就平均水平而言，要在一个中等规模的城市里找到这样的人，只需要比这种程度的接触少一点点。有时候你可能很幸运，发现你的一个朋友直接认识彼得，或者可能需要经过几层关系才能成功。但想想平均水平。"

"哦，我懂了，但哪里有趣了？"

"科斯维克。如你所知，那个城市与各种流氓城市结盟，但没有一个城市彼此信任。和许多人一样，科斯维克领主从不透露这座城市的位置。"

"而贤者苏珊的著作表明，每个城市都倾向于围绕其最原始的地点传送。从某种程度上来讲，这是一种无意识行为，人们会认为停留在初生之地更有安全感。这也可以说明为什么初生地的周边从传送角度看是最为活跃的。"

"这就说得通了。最初的环境是领主最为熟悉的地方。"

"是的，所以，在某任领主掌权期间，通过绘制一个特定城市的已知的传送点，你可以看出那座城市的传送点会形成一个集群。"

提莫斯艰难地思考着。"就算是这样，也可能还有其他集群出现。"

"当然。通过分析集群出现的时间，你应该能够计算出哪个集群是当权的科斯维克领主最喜欢的地方。它有可能是最初那个位置，也有可能是其他位置。"

"那么，你的意思是说，科斯维克城要么就在那个集群内，要么可能在某个时候传送回去？"

"是的，不过这对于你找出集群点没有什么意义，也无法告诉你什么时候城市会传送回去。"

提莫斯的双手垂了下去。"现在是没什么用，不过我想这也是个新的开始。"

"卡尔弗登领主大人希望通过领主间的精神感应去获知更多，一旦有了确切的信息，立刻进行传送并攻击科斯维克。这是领主们的行为方式，也提供了一个有效的关注点。"

"这当然更好，"提莫斯说着重新燃起了希望。"这将是大量的工作和漫长的等待，而且必须一直有侦察兵和间谍进入那个地区。"

"贤者理论还有很多。一旦找到当前集群点，就要开始第二个阶段。对于那些可能与科斯维克的前盟友打过交道的人来说，他们一定会因为愤怒而愿意提供帮助。当然，他们可能依然有联系，如果不是科斯维克现在的盟友，那么就是集群点的邻城。只需要一次联络和一些简单的信息，卡尔弗登领主就可以获取关于当地位置的信息了。如果分散的话……"

"我知道了！"

"如果要在地图上标出最近科斯维克城出现的位置，现在就可以开始了。碰巧的是，这正是我几个月来一直在做的事情。我找到了它经常出现的一些集群点，并且已经预测了下一次传送的位置。接下来就需要在地图上持续更新被科斯维克攻击的地方，同时请卡尔弗登领主参与其中，领主的精神交流所获取的信息非常有效。同样的方法不仅适用于科斯维克，也适用于未来所有的情况。在找到这些文件之前，应该从没有人尝试过这种方法，贤者苏珊的离世过于突然，来不及与卡尔弗登领主交流。这项工作搁置到现在。"

"但这是你发现的，并不是我啊。"

"撒个小谎而已。像我这个年纪和位置，这种信誉已经没什么用了，也没必要去讨领主的欢心了。但你不一样，这对你来讲可能是一个极大的提升，而且你更有可能参与到未来进行的反击战中。"

接下来还有一个重要的会议，主题是关于即将到来的外交官访问团，于是他向老玛丽连连道谢，带着匆忙捆好的包裹小跑着离开了。

当天晚些时候，他又独自回到档案管理员的房间。这样既私密，又可以集中精力。借着昏暗的油灯，他全身心地投入了工作。

提莫斯只花了几分钟就弄清了老玛丽在地图上标注的点。她不仅在寻找科斯维克，同时还在寻找另外两个主要敌对城市。他很快掌握了她使用颜色的规律，同时发现自己其实正在研究科斯维克领主的侵略与结盟史。现任领主子承父业，然而关系微妙，就如霍尔顿和特里德尔国王一样。几个世纪以来，这座城市一直秉持睦邻友好的原则，然而在短短数年内就变成了掠夺成性的流氓。嗯，这里应该就是科斯维克，这座维京城市当前的所在。

他现在所要做的就是去拜访卡尔弗登领主，说服他相信这项工程，并让一切步入正轨，精准地利用领主之间的精神感应。

他坐了几个小时，偶尔写写东西，构思着他的计划，以便在向领主汇报这个信息时尽量成功。

他正在努力学习政治这门游戏。

第二天早晨，当提莫斯醒来时，他发现阳光的照射角度与平日不同，这时他才反应过来，在档案室里筋疲力尽熬了一晚，他肯定睡过头了。然后他记起起来了，当他还在狂热研究的时候，卡尔弗登城又进行了已设定的传送。

但这还不是全部。就在那天早晨，乔伊冲进军营，无视其他人的惊呼，一把抱住了提莫斯。

"丹尼尔醒了！"

这句话足以让提莫斯取消当天几乎所有的计划。

丹尼尔坐在床上，脸白得像个死人，只要稍微动一动，脸上表情就显得万分痛苦，然而他还活着，他开心地听着提莫斯和乔伊滔滔不绝地讲话。提莫斯甚至没有注意到丹尼尔睡着了，直到乔伊轻轻地把手放在提莫斯的胳膊上，打断了他的故事。

她笑了，然后俯身在他的脸颊上亲了一下。"谢谢你，"她说，"我和丹尼尔都找不到比你更珍贵、更慷慨的朋友了。"

从那时起，一切看起来都在往好的方向发展。丹尼尔在接下来的一个星期里迅速恢复，尽管他再也不能上战场了。他和乔伊用那笔赔偿金租了一间小屋，他更愿意叫它为"假死赔偿金"，严格意义上讲，还没到赔付时间就发给他了。

而提莫斯本人则期待着一个新的任务，而不是维护外交访问安全。

他与卡尔弗登领主的会面本应非常简短，他的秘书十分勉强地挤出了五分钟给他。结果，提莫斯花了三个小时与领主交谈，在这一过程中领主分别召见了贤者弗勒姆、达菲德爵士和其他人。随着新的情报收集方法的重要性显现出来，每个参与讨论的人都兴奋不已。当其他人都在思考这一策略时，提莫斯提出单独和卡尔弗登领主待一会儿，领主欣然接受。在一间小办公室里，远离了嘈杂的议论声，提莫斯提出了他的两个要求。

第一个要求谈得非常顺利：探索传送地附近的新遗迹。他需要主导这一任务，并由他亲自挑选人手。

在此之前提莫斯从未探索过任何遗迹。卡尔弗登领主指示他不仅要带上士兵，还要带上平民：历史学家、科学家，等等。探索遗迹的首要目标通常都是宝藏，这些是在之前的战争中遗留下来的。领主们也想要保护军队，当军队在遗迹中探险时，他们会受到魔法保护。卡尔弗登的联盟中有几个城市会因为外交任务进行远程传送，但附近也许会有一些陌生的城市，如果发生意外袭击，他不想冒着失去所有军队的风险。

遗迹探险本身很受欢迎，探险队员们将会有一段难得的时间，既没有敌人攻击，也没有怪物偷袭。当然，他们会被召回，但在执行任务的过程中，他们真的可以像享受假期一样过上一段时间。

对于提莫斯的第二个要求，领主答应的更为痛快。他，提莫斯，被许诺在发现科斯维克并发动攻击的时候，亲自率领一支特遣队加入攻击。

## 遗迹

遗迹从来不会令人失望。没有人知道自它们荒废以来过去了几个世纪甚至是几千年，但显而易见的是它们确实很古老。遗迹一般布满石堆，在那种时代，如果没有大量的人力物力以及相当长的时间，如此巨大的石头是无法移动的。这些巨大的部件以令人难以置信的精度组合在一起，甚至连一张纸都无法穿过其间。当它们落在地上时，有时会碎裂开来，但提莫斯想象不到除了地震还有什么能够让它们倾覆。

"也许如此，但大部分看起来都像是水造成的。"第一天晚上，当提莫斯提出疑问时，地质科学教授劳伦这样回答。"水可以进入微小的裂缝，结冰后就会膨胀，缝隙就会变得更大、更长，持续发生杠杆作用撬动裂缝，直到石块裂开。同样的事情也会发生在树根上——看，就像这里——而有时候这只不过是岩石自我的膨胀，在天气作用下，已有的断层经历了长时间的冷热交替作用后产生变化。上述所有过程都需要很长时间，这为我们解开遗迹的真实年龄提供了线索。"

"从天神和龙族统治的时代开始吗？"提莫斯问道。

劳伦认真地看了看他，"你相信那些传说？"

"你不信？"

"我信，就我个人而言，我信……但在我的工作中，我只能说，科学还没有证明这一点。"

劳伦笑了，提莫斯觉得他的心似乎在胸膛深处发光。她真美。

"无论建造者们怎样做，不管他们的身份是什么，也不管到底何时完工，这确实是一个奇迹。"

的确如此。

这支部队的成员有男有女，一千多人。虽然大多数是士兵，也有普通营员——战地医生、厨师、普通工人、马厩工人等。每个人都有自己的职责，但同处一个探险小组。不寻常的是，与大多数领导者不同，提莫斯认为每个人都应该尽可能地分享经验。这不仅对提升士气有好处，当每个人都对眼前的情况了解得更多时，工作也会完成得更快。当他们在迷宫般的墙壁间找到路时，有些墙足有十人高，他们保存着地图，以便能找到出去的路。

第三天早上，有一个小队找到了一个未曾开启的房间，士兵们兴奋得都想赶快撬开石门。

"慢下来，"高级历史学教授弗兰克说道。"不要让追逐的激情控制你们，我们需要慢慢来，把一切都记录下来，这样才能化作知识的一部分。如果我们不这样做，其他的教授和贤者会杀了我们的。"

工人们放缓动作，逐层揭开时间留下的层层结构，并把每一层的情况细致地记录在劳伦和弗兰克绘制的地图上。

一个炎热的下午，提莫斯正在用湿巾擦脸，突然听见一个士兵的喊叫，接着是一群士兵的喊叫。所有人都冲那个被发掘的小房间，它正处于被记录的状态。人们伸长脖子，满怀期待地从一个洞口张望着。这个洞看上去原本是一面坚固的石墙，位于房间的后部，一名士兵在等待弗兰克完成地图的时候非常无聊，无意间踢了上去，才发现这面墙是绘制成岩石样子的石膏板。

当提莫斯挤到最前面时，一眼看到几个士兵正在用长矛和靴子敲打洞口周围的墙体。洞口大约有膝盖那么深，是足球的两倍大。弗兰克正大喊着让他们停下来，但无济于事。

提莫斯甚至都还没看清，就从从嘈杂的人声中明白了这些人这样做的原因。人们大喊着"金子！钻石，还有宝石，就在那里！"

那天晚些时候，当提莫斯与劳伦和弗兰克喝着红宝石般的葡萄酒，他对于不符合科学要求的挖掘流程向他们表示了歉意，但当时，在看到墙后闪闪发光的东西时，他也感受到了财富引发的狂热。当士兵们把洞口扩大到门的大小时，提莫斯欢呼着涌入门内，抓着金块、金条，把黑乎乎的不明物体丢在一边，之后他们才发现那些是严重腐蚀的银块。他们铲起了一捧捧的珠宝，仿佛这些珠宝都是被一车车地倾倒在这里。

当提莫斯恢复了理智，开始协助弗兰克维持现场秩序，把珠宝和金银从不情愿的士兵手里收走并放回原处时，另外两个密室以相似的方式被发现了：在系统性地探查了所有墙面之后，一把战斧敲在了假墙之上。

藏宝室后面的第一个房间里装着大量古籍，使用龙皮捆装，这让很多人感到不舒服。根据弗兰克的说法，这些奇怪的文字是几百年前使用的一种古老文字。

最后一个房间完全不同，甚至有些奇怪。首先，房间里只有一些雕刻奇特的架子、凹槽和石柱，完全由岩石制成。在这些架子上,叠放了数百个光滑的瓷板,两面均记录了数学图表,按行排列,完全看不懂,就像是"疯狂的蜥蜴抓挠的痕迹",这句评语是一位女战士给出的,她在城中作为喜剧演员有一批追随者。同样的文字也出现在架子边缘处。

其次,探险队的成员无一例外地感到房间里有一股神秘力量,这股力量让人无法在里面停留太久。

弗兰克抓着这些瓷板不放,所展示出的兴趣是在此之前看到其他奇观时都没有过的。很快,他就全神贯注地阅读着它们,自言自语,试图弄明白文字的意义。

探险所获得的宝藏大部分都属于领主与城市,但探险队的所有成员可以分享剩余的一小部分财宝,包括几百名不得不去探索其他区域而错过了藏宝室的士兵们,这已经是惯例了。然而,对于教授学者们来说,探险的吸引力在于龙皮书和瓷板上的文字,而非财宝。

勘探剩余遗迹的工作终止了,余下的工作重点变为整理并为已经发现的金银、珠宝和珍贵的卷轴编写目录。整理完成的物品被堆放在驮马和马车上,他们带来的行李和价值相对较低的物品被留在了那些密室中。

当弗兰克和劳伦坚持留下一些金银珠宝,以便带回更多的书卷时,人们开始窃窃私语,甚至在提莫斯坚定地表明与教授们立场一致时,议论声也没有停止。教授们希望把未经加工的贵金属和宝石原料留在这里,理由是成品设计传递了科学信息,展示了当时的生产技术,而原料则没有这种价值。士兵们则想拿走这些原料,因为它们更容易估价,从而更快地得到属于自己的那份财富。提莫斯支持教授们的观点,但他没有直接这么说。他指出,同等重量的成品,历经岁月,做工精美,肯定要比未加工的原料贵重得多，尽管估价可能需要更长的时间，但这会让他们认可教授的计划。虽然引发了更多的议论，但最终在贪婪的驱使下，这一提议胜出。

提莫斯带领着探险队在遗迹周围进行测绘，虽然他们发现了许多有趣的东西，但再也没有找到其他财宝了。每天收工后，他都会抽出时间帮助弗兰克和劳伦测量和绘制存放了瓷板的密室的内部图。

"我们必须带走它们，"弗兰克说。"现在我知道这是什么了。看，"他小心翼翼地拿着瓷板，就像拿着一个蛋壳，指着上面的一个符号说，"那是天神对于龙的标记。无价之宝啊，提莫斯！我们一直认为，迄今为止发现的天神文字的唯一案例存在于之前在野外发现的龙穴深处，以涂鸦的形式刻在墙上，而更久远的浮于墙体表面的文字早就侵蚀殆尽了。然而这些瓷板完美地保存了这些高度复杂和具有规则的符号。想想看！它们可能过了成千上万年，更重要的是，这是天神们特有的智慧和知识的记录！"

"所有这些都要带走？"提莫斯说，他想知道它们会占用多少空间，并开始估算总重量。"就带几个样品怎么样？它们至少在这里安全存放了几个世纪。当然，我们……"

"不行，"弗兰克说。"这可能是历史上最伟大的发现，它们可比黄金和珠宝贵重得多。"

"他说得对，提莫斯，"劳伦说，她的碧色眼睛在灯光下闪烁着。"但我们不能就这么简单地拿走它们，我们还要记录每片在每一叠中的位置，这可能是破译它们的线索。我们还需要画出架子和柱子的雕刻方式，它们摆放的位置和朝向。"

"但我们如何记录位置？"弗兰克问。

提莫斯退出了他们的对话，去视察探索队的其他工作，并根据需要提出建议和鼓励。每个人都兴高采烈，当他走近营地时，周围不时爆发出对提莫斯的欢呼声，一想到要分享宝藏，大家就充满了活力。

当他回到密室时，发现劳伦坐在外面，用一根棍子在土地上乱涂乱画。她看到他的时候笑了。"我们不想在瓷板上做标记，我能想到的最好办法是在边缘上刻下划痕来表示架子和位置。而弗兰克甚至不允许那样做，他坚持把它们当作圣物来对待。"

提莫斯想了一会，灵光一现。

"跟我来，我有个主意。"

他们走进房间，弗兰克站在房子中间，沮丧地看着一块瓷板。

"我可以拿起来吗？"提莫斯小心地拿起一块板子。"瞧，你可以在记事本上记下每块板子边角处的字符，这样就生成了一串8个字符组成的编号，用来代表一块板子，基本不可能出现重复的编号。当然，以防万一，我们可以把相同架子上的瓷板放在一起，并在外面的包装上注明所有的编号。如此一来，每页纸上只需记录一个架子的内容，包括架子编号和所有的瓷板编号。这样，瓷板本身就不需要添加刻写了。"

"然后你们所要做的就只是把房间内架子的位置画出来，把每个架子边缘的语言符号抄写下来，记录东南西北的朝向信息、架子的高度、厚度和长度。当我们回到卡尔弗登时，可以根据这些记录，重新制作架子，然后再把瓷板放在相应的位置。"

"这主意太棒了！"弗兰克喊道。

他拍了拍提莫斯的背，劳伦则给了提莫斯一个拥抱。提莫斯派了四个机灵的士兵帮助他们完成这项工作，并不时亲自来帮忙。他们轮流在房间内工作，每次不超过半小时，然后到外面待一会儿，平复一下情绪，再回到那个感觉上完全不同的世界，继续完成任务。

又忙碌了三天之后，探险队准备返程。他们没办法拿走所有的东西，尽管争议不断，但提莫斯努力让大多数人了解到必须优先考虑这些瓷板。带不走的宝藏和剩余书卷被小心地堆放在瓦砾后面的内室里。裂缝用灰尘和苔藓塞满，最后再洒上尘土。即使其他探险者经过这里，在一片巨大的废墟中发现了这个地方，它看起来也只是外层房间里的一堆破烂，为了效果逼真，门都被换掉了，希望新的探险者们看到后就会离开。这里的物品是安全的，如果卡尔弗登大人愿意，可以再进行一次远征把它们取回。

除掉探险成果中的文本书卷，探险队能够分得的宝藏依然十分丰厚，待到回城后，其中大部分会投入到基金之中，余下的也足以提升大家的生活品质了。提莫斯稍稍利用了自己的职务之便，承诺在下一次的探险中会让本次成员享有优先参与权。

在回程的路上，他们避开了一些冲突，这在一般情况下是不必要的，但当务之急是保护宝藏和历史文献。他们给两个怪物让了路，一只野生生物和一只古代半人马。另外一次，当提莫斯的队伍遇到了一个未知领主的侦察小队正在匆忙撤离，他派出了一小队人进行追赶，这实际上避免了真正的冲突。

和其他人一样，提莫斯也非常想回到已经可以称作"家"的城市，因为他知道，这次任务圆满完成，他将获得卡尔弗登领主的极高赞誉。但另一方面他又害怕回去，回到繁重的工作之中，因为这意味着他没有更多的时间与劳伦、弗兰克和其他新朋友们相处。

然而当他们到达主城所在的平原上时，这些想法戛然而止。地平线上浓烟滚滚，他们的距离才刚刚看到城堡中最高的建筑顶尖之时，就能够听到金属的撞击声，以及巨石撞击城墙发出的低沉的轰响。

提莫斯又一次在返回卡尔弗登城时遭遇了攻城战。

而这一次，他认出了敌人的身份。

地面上掉落着一件紫蓝相间的外衣，用绿色的线缝着一块普通的名牌，也许是从一个士兵的背包里掉下来的。这是科斯维克城的代表颜色，这次的敌人是科斯维克领主的大本营。这个野蛮人，入侵了提莫斯生长的村庄，杀死了他的家人和朋友，掳走了他的弟弟，对于他的弟弟，最好的处境是把他当作奴隶，最坏的可能则是把他杀害了。

## 再次交锋

这一刻，提莫斯只想做一件事，就是冲向他的敌人。

但是他不得不告诉自己停下来。这一次，他不再是普通的一员，而是皇家骑士团的一名中尉，背负着指挥一千多名士兵和成员的责任，他必须认真思考眼下的情况。

他们的面前是一片田野。提莫斯可以看出，与上次在城外面对两支军队相比，攻城的人数要多得多，而这次没有任何迹象表明有像莫文那样的盟友出现。

"弗兰克，你能看出这些士兵身上有多少种不同的颜色吗？这里有科斯维克，但我想应该还有其他城市。"

弗兰克眯起眼睛，把手举到额头上方挡住阳光。

"我看看……至少三种。我对科斯维克的服饰不是很了解，大多数似乎都是维京人，但至少有一支军队是大和。即使是这种距离，你也可以从军官们的头饰上分辨出来。"

"但我并没有看到他们的城市，"一名同行的高级士官说。

"他们的城市离这里肯定还有一段距离，这至少说明这些部队的快速增援已被切断。"

"是的，提莫斯先生，但这并不能让人觉得安慰。这里有数万的士兵，也许其他地方还有更多。把另一支部队隐藏在某个岬角,甚至是在另一座城市之中都是很棒的策略。看!卡尔弗登的巨龙们正在天空盘旋,如果我没弄错的话,它们正在向南飞去,可能是刚经历了一波扫荡。"

"没办法透过敌军部队看到卡尔弗登的城门,从这里也看不到卡尔弗登的部队标记,但他们肯定已经应战了。这些军队正在战略汇合,他们一定是在城堡外进行战斗。"

"我同意,长官。"士官回答道。

问题是,他们要怎么做。如果大声问出来,提莫斯就会失去手下的信任。他思考了他所学到的所有策略,然而没有一条符合眼前的情况。

然后他做出了决定。

"带几个人去召集后面的皇家骑士,中士。"他这样说道,一口气报出了战友们的名字。"然后带着所有的高级士官过来。现在,马上!"接着,他回头注视着地平线附近正在进行着的激烈战斗。

从提莫斯的身后传来一阵惊慌失措的喊叫声,因为众人意识到装有宝藏的马车和车夫即将处于无人保护的状态。新任命的中尉向平民和马车转达了指令,并将他们带到几百米远的岩石后面,一些士兵也驱马赶去,把自己的行李扔在那边,又折了回来。所有这一切,提莫斯已无暇关注。

几分钟之内,大多数皇家骑士,包括提莫斯点名的那些人在内,都赶到了最前面。士官们花了更长的时间赶来,并且没有全部到齐,但提莫斯迅速开始下达指示。他不介意向迟来者重复一遍自己的话。

"你们都能看到我们面对的是什么。至少有两支维京部队,其中一支是不久前在另一个地方袭击过卡尔弗登城的科斯维克,另一支是大和，也许还有更多力量。卡尔弗登没有盟友能够提供帮助，我们要么在这场战斗中发挥关键作用，要么面临死亡。我们必须胜利，否则卡尔弗登将要覆灭。"

"我将赋予一些皇家骑士临时充当战时中尉角色，其余的人将直接听命于这些新指挥官。我知道这不符常理，但我们面临的情况也不同寻常。我这么做的理由你们会清楚的。高级军士暂离原有职位，全部分配给新指挥官作为副指挥官。我相信你们都能够适应这个安排。"

大部分骑士和士官都露出了怀疑的表情。

"你们都知道这种战术，整支部队排成一个巨大的三角形楔子，笔直地朝着敌人前进。最外侧是护盾，楔形保持紧密，通常这是一种非常有效的阵型。"

"我们将要组成这个阵形。在某一刻，我们必须接受这样一种可能性：我们将陷入困境，我们的队形将被击溃——不，中士，我们一定会被击溃——那时，根据我的指令，我们需要组成一个不同的、令敌人意想不到的新阵形。"

"指令一出，我们需要立即解散原有的楔形方阵，分解成更小的三角阵，外面为持有盾牌的步兵，中间是骑士和其他人。所有小三角阵都要保持紧密的联系，接着再次重组为楔形巨阵。"

"在这一阶段，一些敌人会突然发现自己被一些正在集结的小三角阵所包围，并且被有效地隔断。如果一切顺利，我们就能在重新集结的过程中将他们扫清。"

"要做到这一点，我们需要以每个新指挥官为中心，组成小三角阵。高级士官要均匀地分布在各个三角形中，然后由其他士兵填补阵形空缺。"

"大家都明白了吗？"

最初的困惑过后，部队围绕着每一位皇家骑士拆成了若干组，并做了一些调整，使每个小三角阵中至少有一位弓箭手。

"现在，组成楔形阵！"

大家在皇家骑士和士官的带领下，迅速行动起来。

接着，提莫斯指挥所有人跑离方阵，远离彼此。

"这就是当方阵破裂时将会发生的事情，每个人都将独自面对敌人。这时，不要战斗，跑到离你最近的同伴那里，开始组成小三角形，然后整组移动到相邻最近的小三角形旁边。"

"如果你们被分开，你们就要聚在一起形成小三角形，而小三角形再组成楔形方阵将是我们每一个人的任务。不要等待命令，如果你加入了与最初不一致的小三角形方阵也不要担心！"

指挥官们一边喊着，一边命令士兵们原地旋转几次，直到他们变得头晕目眩，以此来模拟战场上的混乱局面。然后，他们立即走到离他们最近的战友那里，组成一个个小三角形。

场面一片混乱。

然而，在第二次尝试中，指挥官和士官们想出了用条幅作为小三角方阵集结的信号，尽管效果依然不佳，但已经好多了。很多人成功了，但也有一些人失败了。成功的人再次顺利地组成了楔形方阵，尽管这一次的最终结果是在集结点的两边各有一个楔形阵。掉队的人则勇敢地跑去加入到任意一个方阵中。

"再来一次。在你们分散并转完圈之后，试着寻找周围的人。如果你看不到任何人，就尽可能朝着城市的方向跑，直到你找到同伴。这次指挥官不会帮助你们了。当你孤立无援的时候，速度非常重要，你越快找到第一个人，就能更快找到下一个人。尽一切努力去尝试吧。"

虽然还有很多问题，但这一次的效果更好了。

"我们没有时间再练习了。我再说一遍，"提莫斯喊道，"你是否进入最初分配的小方阵并不重要，所加入的方阵规模也不重要。进入小方阵，并尽快与其他方阵进行重组，直到部队的力量大到可以继续推动剩余部队向城市前进。"

"我知道你们有疑问。但现在就是这样：楔形方阵让我们可以前进并加入到城市部队之中，这就是按照惯例我们需要的阵形，我们需要保持这一点。"

"不同之处在于，我们的策略是当楔形方阵分裂开时，并不意味着每个人都要独自战斗。即使是三人组成的最小的三角形也比三个人单独的防守和进攻要好，每个人都可以掩护其他人的背部和侧翼。这就意味着我们能够重新形成大楔形方阵，并保持前进的势头。"

人们情绪复杂，提莫斯并没有期望所有人都能服从，特别是当阵形分解造成恐慌之时，个人的生与死都只在一瞬之间。但提莫斯只能尽可能给他们机会。

前进的时间不能再拖了，部队排成纵队全速前进，不过这次骑士停留在了步兵之间。

部队在最后一分钟完美地形成了巨大的楔形方阵，他们直接推进了维京人的后方，战斗开始了。

最初，楔形方阵维持了相当长的一段时间，但数量相差悬殊，很快就淹没在人潮之中，仿佛一片孤独的岛屿漂浮在维京人的海洋里。队形保持了一段时间，然后开始瓦解，先是一个角塌了，接着整个方阵瓦解了。

提莫斯的部队伤亡惨重。许多士兵被迫单独作战，他们中的大多数人在英勇的肉搏战中牺牲了。他们被维京人包围，攻击来自四面八方。

然而，令维京人吃惊的是，提莫斯的大部分部队并没有像他们所期望的那样直接对决，而是选择立刻脱离战斗。如此令人震惊的不光彩行为令维京人呆立当场。

然而这一战术使卡尔弗登部队以一个个小而紧密的三角方阵列队前进，这对组织松散的维京人来说似乎是无法穿透的。士兵们背靠背地战斗，整体慢慢地向前移动。在皇家骑士团和士官们的鼓励下，许多较小的三角形聚集在一起，逐渐变大，对于维京人来讲本可轻松取胜的局面又变得岌岌可危。

楔形方阵重组、分裂、再重组，但每次重组都变得比前次更为容易，对于维京人这种松散的组织来说，这一策略的优势也变得更为明显。尽管他们干掉了许多小方阵，也从大楔形阵里捕杀了一些士兵，提莫斯的部队仍然如同大海中的扁舟一般向着城墙方向行进着。

与此同时，提莫斯试图命令附近的一些小三角形在他周围组成一个楔阵，但失败了。这些士兵在保持队形的同时还要与敌人作战，在精神上承受了太大的压力，以至于无法环顾四周，参与到集体行动中去。提莫斯沮丧地看到方阵内外的士兵们一个接一个地倒下去。

接着，他与战友之间的联系也被切断了。动物燃烧的臭气与风中的烟味混合在一起，令提莫斯血脉贲张，他突然冲向一个留着大红胡子的维京人，把他撞倒了。

到处都是动物和人类的尸体，提莫斯在战斗的烟尘中为他们哭泣，他像个疯子一般冲杀着，全然不顾自己的安全。在那一刻，对提莫斯来说，最重要的是报复这些可怕的袭击者。

提莫斯接下来遇到了一个骑士，对方身上只装备了最简单的铠甲。提莫斯从他的背后全速冲刺,在经过他身边时狠狠地砍了一刀。他没有停下来目睹对方倒下的样子,敌人的肩膀被劈成了两半并大声尖叫着,直到跟在提莫斯身后的一位卡尔弗登骑士用长矛刺穿了他的心脏,令他坠落在地,倒在自己的血泊之中。提莫斯判断这位骑士是从前方的军帐里赶来的,而不是他原有部队的。骑士再次离开,只留提莫斯一个人。帐篷被遗弃了,几根支柱和帆布都被砍断了。

提莫斯继续向城市进发,又遇到一群大和步兵,他们牵着两匹马,拖着一大车的石油和沥青。毫无疑问,这些东西将要被倒进布里,包裹在石头上,安放在投石车上,然后一个个地扔向城墙。

提莫斯和他们并肩而行,他没有攻击士兵们,而是简单地把他的剑深深地插进第一匹马的一侧,接着继续赶路,留下那匹奄奄一息的马和陷入混乱的车队。

然后他又卷入了激烈的战斗,一场骑士和步兵的混战。

在一段时间里,提莫斯无法准确说出到底发生了什么,接着他终于清醒过来,环顾四周,评估了整场战斗的进展。他惊恐地意识到侵略者占了上风,在战壕和河流防御工事上,敌人架设了临时桥梁。城墙不仅被攻破,里面的一些建筑也已经着火。死伤的士兵和战马到处都是,许多失去了骑手的战马在战场上打着转,而落马的骑士都穿着厚重的盔甲,拼命地战斗,轻装步兵向他们围过来,还有骑在马上的骑士向他们逼近。

人类和动物的尖叫声混杂在一起,简直如噩梦一般可怕。许多地方的尘土已经被血染成了暗红色的泥浆。

突然,他发现自己来到了城墙边,旁边是他想要靠近的桥。这时他发现一群大和人正在疯狂地与城门内的人作战,他想到了探索队内的平民，并错误地认为，由于他的疏忽，他并没有让那些平民意识到他们也会卷入这场战斗，现在几乎肯定全都死了。

一记重击落在了提莫斯的左肩上，震得他发麻，他调转马头，看到一个敌方骑士正举着剑准备再来一记重击。提莫斯迅速俯下身去，一边策马前行，一边用剑向前方和左面发起了攻击。对方轻松地避开了，又提剑朝提莫斯的头盔扫来。幸运的是这一击落空了，否则非得穿透金属头盔不可。当对方抽回胳膊的时候，提莫斯利用了这一机会，他挣脱了右脚的马镫，左手抓着长矛，右手搂着马脖子，尽量向左侧滑去，祈祷着剑不会刺伤马脖子。他现在整个人挂在马的左侧，这一角度使得对方骑士无法瞄准他的位置。与此同时，提莫斯用长矛攻击敌方铠甲下缘的部位，这一击威力巨大，甚至刺入骨骼。

敌人尖叫起来，而提莫斯则面临着被两匹马挤扁的危险，他别无选择，只能继续向下滑，吊在马腹下方，然后滚落在地。他迅速钻出来，重新上马，正好看到敌人从马上滑了下来，接着被马蹄一通乱踩。最后那匹马停了下来，提莫斯则驾马向前，展开了和另外两个步兵的交战。这两个人正在围攻一个失去坐骑的卡尔弗登骑士，提莫斯向战友大声呼喊，对方很聪明，快速抓住提莫斯的腿，当提莫斯把脚从左马镫抽出的时候，他立刻蹬了上去，骑上马来，两人快速离开了。提莫斯在几十米开外的空地上把他放了下去，然后转身迅速地奔回战场。

提莫斯又干掉了两名科斯维克步兵，当面对第三个士兵时，他不得不驾马试图从对方头顶跃过。敌人举起胳膊想要掩护自己，手中的矛正好刺中了提莫斯的马的腹部，难以想象这仅仅是个巧合。

提莫斯猛地一屁股坐在马鞍上，缰绳几乎失控，他的马则踉跄了一下，然后又恢复了平衡。提莫斯的剑落在了地上，剑柄弹在了岩石上，这时马蹄踏在了剑上，剑身啪的一声断成了两截。马颤抖着停了下来，站了一会儿后前腿一软跪了下去。这匹马显然是受了伤，但提莫斯不知道伤在哪里，伤到什么程度，他必须在马倒下来压断他的腿之前离开。因为担心自己的脚踝再次扭伤，提莫斯不得不直接摔在地上，痛得要命。马儿虚弱地卧在地上，虽然它没有躺倒，但提莫斯看到了那个步兵的长矛在它肚子上留下了一道伤口，伤口已严重到无法救治。

提莫斯把手伸进马鞍后的背包里，拿出他的猎刀，那是一把又短又轻的匕首，刀锋很宽。它是为近距离搏杀而设计的，非常锋利。这是杜兰特亲手制作的，尽管这个人有很多缺点，但他仍然是这个城市最好的铁匠。提莫斯发挥人道主义精神，做了唯一一件力所能及的事，也是他从小在农场上学习过，并在士兵的训练中接受过训练的事——他退后一步，干净利落地割断马的喉咙，在他向马的祖先祈祷的时候，马看着他，血喷涌而出，然后马头滚落下来。

他环顾四周，附近没有马，也没有其他骑士可以载他一程。他不安地意识到，他的骑士链甲和盔甲在没有马的时候是多么沉重。他要么找到一匹新的马，要么就得丢弃一些金属装备。

有了马，他就可以直接回到战场上，回到他的部队中去。毫无疑问，在野外的某个地方可能会有一些无主马，但很明显，战场上的马会更多。

提莫斯跑进大门，他把大剑扛在肩上，剑刃刺破了右肩的铠甲。他几乎能想象得到他的武器指导和工匠们看到这一幕时会发出的喊叫，但这是快速行动的最佳方式。时机一到，这些武器仍旧可以派上用场。

城内到处都是士兵们在对战，然而并没有脱缰的马。遍地尸体上面插满了箭，活像针垫一样，周围还有木头在燃烧。提莫斯穿行在长廊中，不得不跃过倒下的木架子，下面压着更多死人。

当他穿过最后一条长廊时，看到水已经漫过庭院，大概有一指深。一定是陷阱被触发了，淹没了地下通道。他向马厩走去，试图寻找一匹新的马，还要躲避受惊的市民和正在战斗的士兵。但是形势太混乱了，路上堵作一团，打消了他骑马冲杀到敌人阵营中心的欲望。这时他看到门外有一大群敌人，他确信那里有一位敌方高级指挥官正在大杀特杀。

接着，他发现了一个突破口。一辆废弃的小麦车停在他和一片空地之间，他很快越过了那片空地，结果被一群卡尔弗登的居民挡住了。一个冒着烟的焦油球落在他们中间，溅出了几滴，这些人发出撕心裂肺的尖叫声。提斯莫与敌军首领的线路又被挡住了。

他沮丧地转向左边，发现了一扇通往奴隶营房的门。也许会有一条路可以穿过去。

他推了推门，但感到被挡住了，接着他用尽全力撞开了门，结果差点绊倒在地。门内侧，一个老人坐在地上，他的眼睛周围布满皱纹，害怕地看着提莫斯。在他身后，有男有女，或是恐惧地张着嘴，或是凶狠地瞪着他。

在黑暗中，提莫斯可以看到许多人从门里向外张望。有老人，有年轻人，他们都穿着奴隶的黄色衣服或平民的衣服。

他一动不动地站了一会儿，看着他们，对方也注视着他。外面的噪音刺耳而混乱，钢铁的碰撞声，巨石或柏油球落下时发出的沉闷撞击声，男人、女人和动物的尖叫声。而这里似乎有一个泡沫与外界隔绝开来，四周安静异常。

这一刻他恍然大悟。尽管他的职责要求他必须返回战场，但现在他不打算这么做。自从他的家人和村庄遭到屠杀以来，他就发誓一定要报复，然而现在他不能这么做。他不认为他的部队在没有他的情况下进行战斗会让他有罪恶感。他信任他的皇家骑士同伴，就像其他人在战斗中信任他一样。他已经给他们设计了战术，而现在他有了新的任务，他不能把自己置于毫无意义的危险之中，独自从城门冲出去。

对他来讲，他唯一能做的，也是最为正确的事，就是留在这里，保护这些人。不是这座城市，不是他的战友们，也不是卡尔弗登的荣誉。他不能抛弃这些无辜的人，这些人就像他的乡亲们一样手无缚鸡之力。尽管这意味着他失去了找到并杀死敌人首领的机会，他也必须这么做。因为把这些人留给敌人去掠夺，就像当初把自己的乡亲留给敌人去掠夺一样。他们是无辜的，所以他会拼死来保护他们免受已经入侵的军队的伤害。

所以他也是在保护他们，然而并不是冲到街上帮助卡尔弗登士兵战斗，而是选择了另一种战斗方式。

"我走后把门关上。找到支援后我会尽快回来的！"说完这些，提莫斯走到外面，一看见卡尔弗登的士兵，就把他们一个接一个地拖回来，再继续往前走。因为他的地位和名声，这些士兵都跟着他，跌跌撞撞地进到门内。提莫斯前后找到七个士兵，他们站在那里眨巴着眼睛，接着他砰的一声关上了门。其中一个光头大个子抓住一把沉重的木椅塞在门闩下，如果有人硬闯，这也坚持不了太久，但总比什么都不做要好得多。

提莫斯一边发出指示，一边思考，然后形成了一个粗略的计划。四名士兵被派到外面去寻求更多的帮助，而提莫斯和另外三名士兵则在门口组织大一点的孩子们进行侦察。小侦察兵们大喊着告知外面的情况，提莫斯和士兵们则一同商量对策。

这个营房很大，提莫斯以前从未进入过奴隶营。这里分为男宿舍、女宿舍和已婚夫妇的宿舍。在营房中心是专为孩子们准备的地方。当攻击开始时，所有的平民都冲了进来，等着有人叫他们出来帮助照料伤员，或者等侵略者冲进来强奸、杀戮或被捕为俘虏。

当他们清点人数并与居民交谈时，其他士兵三三两两地从外面赶来。这些士兵都是与部队走散，并失去归队机会的人。

他们很困惑：他们为什么要来这里？士兵的首要任务是最大限度地攻击敌人，而不是留在城市里，一直以来都是如此。

"我知道，一直都是这样。把所有的兵力都投入到战斗中是有道理的。但我告诉你们，这并不总是正确的。一旦被入侵，就必须要有防御。换句话说，我们为什么而战？外面有很多人在战斗，但是城里出现了敌人，他们正在攻击人民，在哪里战斗真的重要吗？这里还是外面？反正敌人最终都被杀死了。"他压低声音说，"这些善良的人民都准备好了与我们并肩作战，尽管作为战士他们并不合格，但这可以掩护我们，迷惑敌人，让他们搞不清楚发生了什么。"

大家用表情交换意见，有几个人并没有被说服，在他们看来，他们的荣誉在于向敌人发起进攻，而不是像有人说的，和这些下等人躲起来。提莫斯同意他们离开，并祝他们胜利。他们离开了，更愿意冒着危险，不计代价地重新加入战斗，并且也希望这里的防御能够成功。那些留下来的人则发誓要像提莫斯一样保护这些人，他们的妻子家人也同样在城市的某个危险的地方。

平民手里有许多小匕首，但只有一把剑，除此之外只有带进来修理的几件农具、一些厨房用具和其他各种生活工具。

提莫斯把所有这一切都作为潜在武器，下令强壮的平民拿起扫帚和拖把，必要时可以挥动击打敌人头部或身体，也可以握住两端作出格挡防御。其他人则拿着菜刀和叉子，以及厨房里用来烤肉的长扦，此外铲子、耙子、锄头也都能够造成伤害。很快，所有人包括孩子们都拿起了一切能够派得上用场的东西：木块、砖头、椅子腿等。两名老妇人还拿出了她们的编织针，提莫斯认为，这些针在训练有素的双手中非常有用，可以在肉搏战中刺穿锁子甲，前提是有人在武器下能够存活，还要把攻击距离拉到足够近。有人想出了一个聪明的主意，把针绑在扫帚柄上，看起来这样胜算更大，但关键还在于实战练习。这些人没有经过训练，虽然许多人都表现得很勇敢，但对于实际状况彼此心知肚明。

士兵人数最终增加到17人，不包括儿童在内的平民总数约为150人。

提莫斯尽可能地解释他的计划，大多数士兵都同意了，并以自身为中心组织起平民小队，这样他们很快就有了几组小队。在和平时代，这是一群乌合之众，但这一刻，他们显得既悲壮又高尚。另外两名士兵皱着眉头，咆哮着表示不想参与，提莫斯同意让他们离开，他们跑向门口走掉了。

提莫斯也想和他们一同离开。

虽然，对于提莫斯来说，这些士兵更有力量，比他跌跌撞撞进门的时候好太多了。但不得不承认，他们不是被动的受害者，他们蔑视离开战场的战斗，选择去应战，即使战死也是一种荣誉。

士兵们试图快速训练居民们最基本的持械理论，他们缓慢而笨拙的动作让专业士兵无法接受。外面的战斗还在激烈地进行着，但好像稍微安静了一些，似乎战场重心转移了一点。外面的侦察员证实了这一点，营房外的庭院已经清空了。

尽管有了眼下这些部署，但远远不够，提莫斯又想到了城市周围的其他营房，其他平民，像这里的人一样，厨师、园丁、面包师，还有裁缝、历史学家，就像他的朋友乔伊、弗兰克和劳伦。还有教授们呢，像老玛丽和他所认识的其他人都怎么样了？仓库和办公室的员工，甚至铸造厂的工人，又怎么样了？那些在医院接受康复治疗的伤患以及医生和护士又怎么办？他们中的大多数人已经在城市深处的某个角落，这成千上万的人只要经过训练和组织，就能成为一支庞大的本地防御力量。他们中的许多人都是退伍军人，可能由于受伤或其他原因重新选择了职业，但更多人和眼前这些人一样，大部分是奴隶和孩子，没有任何战斗准备。如果未来这种情况再次出现呢？他需要和卡尔弗登领主谈谈这个疯狂的想法，前提是他们都能活下来。

提莫斯正在考虑下一步该怎么做，侦察员喊了一声，有人径直朝营房走来。

以机会主义著称的科斯维克士兵发现自己身处在城市之中，失去了有效指令后，就要进行掠夺，包括女人和奴隶。所有地方的军队都一样，机会与挑战都存于同一批人。

外面一片喧哗，接着是有节奏的敲门声。敌人来了。提莫斯向士兵们发出信号，他们都站在自己的杂牌军最前面。两名士兵站在门的两边，其中一名士兵在敲门间隙中迅速把门闩抽了出来。

突然,门猛地开了,由于突然没了阻力两个入侵者摇摇晃晃地推着一辆沉重的手推车撞了进来。外面有喊声,但提莫斯的两名门卫已经冲上前去,刺倒了无助的推车士兵。

后面的人拔出匕首和剑,试图越过手推车和尸体爬进去。侵略者的脸上满是汗水,衣服和盔甲上全是血迹。他们或微笑或皱眉,这两种表情都让人觉得不舒服。他们身穿科斯维克的紫蓝色服装,打头阵的人心知自己处于不利地位,立即打算对付守门的士兵。跟上来的人则准备开始战斗,他们突然停了一下,惊讶地发现这里有那么多士兵等着他们,而这里原本应该是非常容易攻击的目标。他们困惑地看到,不同年龄的男女老少都拿着提灯、棍棒甚至切肉刀。就在此刻,提莫斯大喊着向他们的首领冲去。敌人首领如野兽般粗壮,左肩上别着一件熊皮斗篷。一片混乱过后,最前面的平民们欢呼起来,他们的带队士兵被抛向空中庆祝胜利。入侵者们都一动不动地躺在地板上。提莫斯毫不犹豫地拔出他的猎刀,割断了首领的喉咙,他躺在那里,伤口流血不止,无论如何也活不了了。提莫斯也分不出他的行为是出于怜悯还是报复。

欢呼声响彻整个营房。

"安静!"提莫喊道。他花了一段时间才引起所有人的注意,当四周安静下来的时候,他大声说道。

"此时此地,你们赢得了一场胜利,你们做到了。当然,也许还会再来一次,可以肯定的是,只要卡尔弗登不尽快赢得这场战斗,将会有越来越多像这样的敌人找过来。但即便如此,我们也能活下来。现在,我把你们托付给这些勇敢的士兵们,"他指着这些士兵们说,"我要去找其他像你们这样的平民,安排他们进行防御反击。"

人们都在思考着严峻的未来，一片寂静。这时，后面的未参战人群中发出欢呼，大家也都跟着欢呼起来。

提莫斯花了几分钟的时间给士兵们和比较有能力的居民下达了指示，然后带着几个人离开了。

庭院空无一人，只有尸体和伤员，门外传来雷鸣般的战斗声。敌人离城门这么近，这么多的敌人进到了城门之中，这意味着卡尔弗登的处境很不妙。

在第一个转角处，他们帮助了四名卡尔弗登士兵击败了三名大和士兵，然后带着这几名士兵为下一个营房防御储备力量。在前往下一个营房的路上，尽量避免与科斯维克士兵和大和士兵发生冲突，他们似乎已经占领了这一地区，一心要抢劫。提莫斯的目标是组织防御，而不是卷入局部战斗。他艰难地说服了跟随他的人，继续进行他的计划。一个营房布置好之后，他们就马上前往下一个。

不知怎的，当他们到达下一处营房解释他们的计划时，这里的人已经神奇地了解了情况，提莫斯决定让其他人来继续完成这项工作。能够支持每一处防御的士兵越来越少，但这似乎无关紧要。平民们的情绪并不高，但很坚定。

做完这些，提莫斯决定返回街道参与战斗，在那里击溃敌人。他带着这两个人离开了，回到最初的营房。很高兴地看到人们在屋顶上设置了岗哨，并冒着危险从死者身上收集武器。

提莫斯从那里带了七个士兵出来，所以他现在拥有一支十人小队。他们开始有序地追捕城中的小群掠夺者：从屋顶射箭，在他们经过小巷时伏击他们。

提莫斯带着两名弓箭手爬上屋顶，在那里可以清晰地瞄准射击，压制躲在仓库后面的大和士兵。卡尔弗登士兵与大和士兵实力相当，彼此接近——大和部队和卡尔弗登的地面部队看不见彼此，但提莫斯能够从他所在的位置引导卡尔弗登的士兵。提莫斯的同伴中有一个中箭了，不幸中的万幸，箭只射中了前臂。提莫斯接过了弓箭，射了几次都没有成功，因为目标俯冲到了屋檐下或木桶后。

这时在他们身后出现了一个厨师，她穿着白色围裙，从屋顶的瓦片上爬过去，手里拿着一把十字弩，连同一把螺栓一起递给了提莫斯。提莫斯笑了，感激地接过武器。她飞快地从瓦片上跑回去，消失在来处。提莫斯只在练习中使用过十字弩，而且只用过几次。他懂得如何填装和射击，更重要的是，他知道它的威力更大，可以穿透障碍物。

他仔细瞄准，射出第一箭，但没有击中目标，而是重重地射在墙上。第二箭完全按他的意愿，螺钉穿透木桶，直接射进了躲在后面的那个士兵的身体。地面部队已经就位，提莫斯命令他们进攻。两名侵略者被打死，剩下的三名侵略者最后逃向一个侧门，他们可能在那里逃脱，也可能在主战中再次被抓住，或者被任何碰巧在那里的防御者打倒。

小分队继续穿行在城市中。当他们从庭院走到巷子中，从大路走到长廊时，看见送信人在营房之间跑来跑去。现在这一切对提莫斯来讲是理所当然的，这是城市防御系统中一直应该存在的，他对卡尔弗登缺少这一设置感到奇怪。其他城市呢，有民用防御系统吗？

提莫斯意识到这个系统正在顺利运行，它可以满足自己的另一个需求——找到他的朋友们。至少在这座城市里，变化悄然产生了。

他告诉他的队伍他要回去战斗，他们答应在没有他的情况下继续工作,在继续追捕侵略者的时候,不时检查一下新晋的防御营房。

当他站在马厩里,深呼吸准备骑上一匹马时,外面的声音让他意识到战场又有了新变化。武器撞击声不再,恐惧或愤怒的喊叫变成了欢呼。他骑上马,缓步走向城门,在那里遇到了从战场上赶来的人。

"巨龙回来了!"一个人喊着,他的手臂被划开了一道口子,锁子甲可能是在一次猛烈对抗中被矛刺伤了。

提莫斯拦住了对方。

"你说什么,龙?"

"是的,长官,它们一到达地平线,敌人就下达了撤退的指令!"

提莫斯甚至不知道有龙离开过。他最后看到的是它们飞过攻城车,而龙身上的人正在投掷焦油和沥青。

"大多数龙在几天前就被派到很远的地方去探险了,先生。这很麻烦,不是每个人都认为所有的龙全部离开是个好主意。"

提莫斯也这么认为,他想知道是谁做出了这个决定。卡尔弗登领主不会犯这样的战术错误。敌人也知道这件事吗?

一位弓箭手一瘸一拐地走了进来,膝盖上缠着一条沾满鲜血的绷带。他一直在一旁听着,这时插嘴道,"不是这样的,伙计。在龙出现之前,撤退就开始了。不是龙,而是别的原因让敌人退却了。"

越来越多的士兵从大门涌了进来,大多数都受了伤,所有人都筋疲力尽,但也有许多人兴高采烈。

"要是领主没有生病就好了,"第一个士兵丢下这么一句话就急忙跑开,响应同伴们的号召,跟着他们追赶一支从两栋建筑物中间冒出来的敌人小队。

什么？卡尔弗登领主生病了？

他穿过城门，门外只剩下卡尔弗登的部队，敌人已经离开了，留下了攻城机，有的坏了，有的还可以工作。但敌人就这么离开了，连死者和伤兵都没有带走。在远处，他可以看到一片模糊的人海，他们奔向地平线，但战场周围却一个人也没有。有一群卡尔弗登士兵追在后面，但他们似乎也没什么士气，最后放弃了追赶，返回城市。在接下来的四个小时里，提莫斯帮忙把伤员或死者放在马背上，有时同时牵着两匹马，把伤者运送到医院。

他很高兴地听到探险队的平民们安然无恙，在士兵们的帮助下，他们重新装好财宝，启程返回。不过，弗兰克和劳伦接下来会忙得不可开交，直到带回的财宝和书卷被安全地存放在学院或贤者之塔里。他给他们送了信，看看晚些时候能不能有时间去探望他们。

所有事情结束之后，提莫斯实在是太累了，走在路上差点儿睡着，医生告诉他必须休息。他趁机躺在医院帐篷后面的地上，才睡了十分钟左右，就被护士叫醒了，对方以为他是受伤起不来了。他面带微笑，挣扎着站起来，向年轻的护士表示了感谢。

他环顾四周，平民们都出来了，许多人在继续工作。他决定回去好好休息一下，回到城里洗了洗，然后吃了厨房里剩下的一些不新鲜的奶酪，伴着牛奶把它们冲进肚子里。

做完这一切，他感到神清气爽，但爬上床后就感到内疚。他想去找亚历山大爵士，想了一会儿，判断他一定还在城外。他转而决定至少向达菲德爵士和卡尔弗登领主报告他所知道的一切，看看在他不在的期间发生了什么。

前往城堡比达菲德爵士的住所更近，然后他想到，达菲德很可能也在外面帮忙。领主一定在城堡，因为他生病了。他重重地敲响了城堡的门，守门人看到是他就放行了。穿过城堡长长的走廊，提莫斯来到领主的私人住所，那里有两个卫兵僵硬地向他敬礼。

"对不起，先生。任何一个人，甚至像您这样军阶的军官都不能进入，这是医嘱，先生。"

"领主大人生了什么病？"

"五天前他就开始发烧了，先生。据说当时他在发烧，呕吐物中有血。"

"我知道了，那么大人生病期间是谁在代理政务？"

"嗯……很奇怪，先生，是铸造厂厂长，杜兰特先生。"

"杜兰特？为什么？我以为应该是达菲德先生或是其他大臣？"

卫兵们都盯着自己的脚。

"事情是这样的，先生，达菲德爵士在领主得病的前一天死于同样的病，还有商会会长鲁弗斯先生，愿神保佑他。还有其他大臣，包括亚历山大爵士和——"

"领主生病了，不能被打扰。"另一个卫兵说道。

"是的，反正他也不在里面。房间是空的。他——"

然后他被打断了。

"我不确定我们是否应该谈论这个，德里克。"他的同伴低声咆哮着。"我们只是守卫，这些事情让其他人去考虑吧。所以，先生，很抱歉，现在您必须离开。除了杜兰特先生和他的手下，任何人都不允许进入这里，也不允许去拜访领主大人。"

卫兵看了看德里克，又看了看提莫斯。"反正他根本不在里面。房间是空的。先生，恕我直言，你得去找别人，而不是像我们这样的人打听消息。"

两名士兵互相看了一眼，然后直视前方，好像提莫斯已经不在这里了。

"足够了，兄弟，谢谢你们。"提莫斯说着，沿着宽阔的走廊走了下去，走廊里悬挂的曾经的贵族画像都俯视着他。

杜兰特？提莫斯感到脊背发凉。虽然他不像许多平民那样爱戴卡尔弗登领主，但领主尊重自己的大部分决定和行动，暂且不谈阿尔曼和卡莱斯事件，领主一直在保护这座城市。无论如何，提莫斯知道他要效忠的是领主。

这些人的死亡和领主的生病显然比看到的要复杂得多。如果达菲德、鲁弗斯和莱维克斯，以及这些内阁大臣真的都死了，那么，如果领主也死了，谁来接替他呢？

然后提莫斯意识到，领主很有可能没有指定继承人，或者，如果他有的话，可能是他的一位大臣，也许已经死于这种神秘的疾病。除非卡尔弗登领主在死前指定继任者，否则这座城市也会按照传说中一样灭亡。

那么，那个被任命者会是谁呢？当然不会是杜兰特，虽然他知道杜兰特是这么希望如此。这么一来，岂不是他将城主与众人隔绝，使他不能再指定其他人吗？难道杜兰特是这些死亡和疾病的幕后黑手？

不，这些阴谋简直无法想象。

## 揭露真相

他回到自己的房间，躺下来想了一会儿就疲惫地睡着了。第二天早起，他喝了一杯果汁，拿了一个苹果和一些香肠去了学院。敌人一撤退，劳伦和弗兰克就毫发无伤地回来了，现在他们正在贤者之塔里整理龙皮书和那些天神瓷板，这让他松了一口气。

老玛丽身体很好，但是很悲伤。她有两个年迈的同事不幸离世，因为他们认为战争已经胜利，过早地离开了保护区，结果在街上被一群侵略者劫杀了。也许甚至不是什么侵略者，而是这座城市的其他机会主义者。没人能确定这一点。

"但足够了，提莫斯，你还有太多事要做。"

"什么意思，玛丽？"

"领主继任权。你听说领主即将去世吗？"

"我听说了。"提莫斯把他听到的讨论讲了一遍。

"他们说的是对的，但并不是全部。不光是达菲德和亚历山大，内阁中只剩下粮食部长和建筑部长，所有人都说他们躲起来了。更糟的是，领主的孩子和妻子也死了。雅典娜仍然是安全的，感谢祖先。人们认为鲁弗斯也死了，不过他还活着，神志清醒，但病得很重。真奇怪，这病来得这么猛烈，而且只在这么一个小圈子里发病。"她扬起一侧眉毛。

"唯一能看到领主的人是杜兰特和以某种方式与他勾结在一起的军士教练官达兰尼斯。领主的妻子和孩子都去世了，我们都担心杜兰特会采取行动迫使领主指定他为继任者。如果没有其他选择，领主会任命杜兰特的，仅仅是因为他是个大活人。而如果领主不采取行动，这座城市就会和他一起死去。"

"我能做什么？"

"我认为你知道答案，提莫斯先生。"

提莫斯最初很困惑，然后明白了老教授的意思。

"我？我能做些什么呢？即使我知道该支持谁，我也不能直接去挑战杜兰特啊！不管我们对杜兰特的看法如何，他都被任命为城主代理人了。下一个城主应该是谁？粮食部长？那些拥有魔法的贤者？还是其他人？又由谁来决定？"

老玛丽皱着眉头沉默不语。提莫斯等待着，但她什么也没说。

"怎么办，玛丽？"

她叹了口气。"提莫斯，很明显，就是你。"

提莫斯吓蒙了，他瞪着老教授。

"什么？我？你的意思是说我应该干掉杜兰特，杀到领主跟前，让他指定我为继任者，成为下一任领主？你是疯了吗？"

"提莫斯，我可能是个疯子，但在这件事上，我无比理智。不仅是我，还有其他教授和贤者，他们都看到了你的伟大之处，包括达菲德、亚历山大、鲁弗斯以及内阁里的其他人，都是如此。整个城市都在议论你组建的民防部队，整个军队都在谈论这种重组策略。人们甚至呼吁将其立即纳入培训课程。"

"如果没有选择具有正确品质的人，领主的权力就不会转移,这座城市无论如何都会灭亡。我们都相信杜兰特不仅是一个坏人,一个危险的人,而且他缺乏继任所需要的特殊素质。从所有方面来讲,你都是最好的选择。"

提莫斯不知道接下来该说什么或做什么,这太荒谬了。他试着理清思绪,但失败了。"但我不想要这个权力,"他说道,"就算你说的关于我的每件事都是正确的——虽然我对此表示怀疑——但我并不想成为领主。我的全部愿望就是找到杀害我家人和朋友的科斯维克领主。如果我的弟弟尚在,我就把他救出来,然后找到一个无主的村庄,过着平静的生活——"

"提莫斯,现在这已经是不可能的事了。你不仅对你的弟弟有责任,而且对这个城市的居民也有责任。这责任和你弟弟比起来更直接,更重要,至少目前是这样。成千上万的人处于危险之中,如果领主的选择不正确,包括你在内的整个城市都会消失。"

"尽管并不是每个人都具备,但新领主最好的品质之一就是对所适合的职位缺乏渴望。卡尔弗登领主并不是一个完美的人,但即使是他,也并不想当上领主,他的个人目标其实是积累财富。他宁愿身居幕后,也不想身背要职。但到了那一天,连他也别无选择。他成了领主,调整了自己野心的方向,但这个方向并不是所有教授都抱持赞同的。他不太对我们的脾气,但在你身上,我们看到了不同的东西。"

提莫斯捂住了脸,他已经彻底懵了。

"听着,和你的朋友聊一聊,直截了当地去问他们的看法,对他们不要隐瞒我说的话。他们必须给你一个明智而诚实的答案,我知道他们会告诉你真实的想法,因为我见过你结交的那些人,你可以信任他们。但是,提莫斯,记住,你要赶紧行动,找到领主,在他死前得到继任指定。如果我判断的不错,领主的时间不多了,只够让杜兰特准备任命仪式了。"

玛丽说完这些,就把提莫斯打发走了。提莫斯茫然地走在走廊里,完全不知道要到哪里去。

当他敲开乔伊和丹尼尔的门时,他才意识到自己走到了这里。令他惊讶和快乐的是,不是乔伊来应门,而是丹尼尔本人。丹尼尔把门打开,把拐杖换到另一只胳膊下面,一把抱住提莫斯。这要是在过去,提莫斯会紧紧地拥抱他,但现在只是轻轻回抱了他。

"天哪,你可以站起来了,丹尼尔!"提莫斯大喊道。

接着乔伊拥抱并亲吻了他的脸颊,兴奋地诉说着士兵们是如何在最后一刻把他们组织成一支民防自卫队的。提莫斯点点头,好像这是他第一次听到一样。一个小时后,三个人围坐在壁炉旁,黑色的铁锅里炖着汤。

提莫斯站起来,说他不能待得太久,并答应很快再来看他们。他们一起喝了苹果酒,丹尼尔试图让提莫斯喝点烈性酒,但提莫斯拒绝了。不过当他想起城堡里发生的事情时,他改变了主意。

乔伊留在家里,丹尼尔和提莫斯去了酒馆。酒馆里的每个人都想请提莫斯喝一杯,他和丹尼尔花了一些时间才找到一个安静的角落。

丹尼尔聚精会神地听着提莫斯复述他和玛丽的谈话。然而令提莫斯吃惊的是,丹尼尔并没有因为提莫斯的话而嘲笑,而是慢慢地点了点头,若有所思地喝着酒。

"我认为她说的有道理,提莫斯。想想看吧,政府的大部分功能已经暂停了。作为皇家骑士的中尉,你目前是皇家骑士团的最高长官了。你调任的任务已经完成，所以实际上你是所属部门唯一的长官。军队的指挥官必须来自皇家骑士，所以，即使有其他弓箭手指挥官，你也是骑士团的最高长官。"

"更重要的是，你有一些特别的地方，提莫斯，罕见的智慧，为人正直。因此，让你成为领主比选择其他人更有意义。"

提莫斯正要向丹尼尔坦白当初他是如何试图逃离这座城市的，丹尼尔对着提莫斯的身后皱起了眉头。有人拍了拍提莫斯的肩膀，提莫斯转过身来，以为又是谁因为他之前的作为向他表示感谢。然而，他对面站着一位全副武装的护卫队长，而在他身后，八个同样全副武装的卫兵摆出了警戒状态。提莫斯站起来，转过身去，队长的手则伸向了自己的匕首。

看来有麻烦找上门了。

"你，跟我来。"队长说道。

"干什么？"丹尼尔站起来喊道。"这是提莫斯爵士，他在入侵战中救了许多人的命！"

"你给我坐回去。我们就是来逮捕他的。"

"逮捕？凭什么？"提莫斯问道，把对方的手从肩上拍了下去。

"闭嘴。带走。"

周围的桌子都静了下来，显然大家都意识到发生了什么。队长环顾四周，从这些喝酒的人的脸上，他发现自己需要小心一点。

"这样和一位皇家骑士对话，一位伟大的骑士，可以吗？"隔着几张桌子传来一个声音。"没错，就是这样！"丹尼尔说着，环顾四周，高昂着头。"仅仅是一些卫兵和一个队长，对提莫斯爵士如此无礼。"

队长咽了咽口水。事情可能不会如他所想的那般顺利。

他皱起了眉头，"谁想跟我和我的士兵打架，随时欢迎。但似乎作为战士，我们是准备好进行真正战斗的，并且我们是执行代理领主的命令，我想你们会发现，无论是否有支援，我们都将取得胜利。而一旦有了冲突，你们这些人，即便是毫发无伤地离开这里，也将会被绑起来带到城堡，更糟的是，会因干涉公务而受到惩罚。"

"代理领主？"丹尼尔问道。

"是的，卡尔弗登领主大人生病了。在他康复之前，由杜兰特先生代行权力。走吧，你……我的意思是提莫斯爵士。"队长紧张地环顾四周。在他身后，刀剑在刀鞘中格格作响，在暴风雨来临之前的寂静中，这些卫兵并不像队长那样忠心耿耿，而这位队长似乎越来越希望当初不是自己被选中来执行这项看似简单的任务的。

提莫斯直视着队长的眼睛，然后又盯着卫兵们的眼睛（更多的也许是对方在注视着他。）

时间仿佛静止了。

"好，我和你走，队长。我不想让这些好人受到任何伤害。"

"不，提莫斯，你不能去。他们想伤害你。这可是杜兰特，他一直针对你！"丹尼尔的脸因愤怒而扭曲，最后一句话是冲着队长喊的。

"这是最好的办法。如果你把这里发生的事告诉我们所有的朋友和同伴，那对我来说更好。如果到处都是光明，那么隐藏在黑暗之处的行动就更困难，因为人们都在看着。"

拥挤的酒馆里出现了一阵骚动，嘘声和嘶嘶声四起，这让守卫们意识到最好迅速离开。他们把提莫斯围住，然后面向周围的人。

如果提莫斯表现出任何反抗的迹象，他很容易就会被卫兵制服。但这样一来，也肯定会引发酒馆众人对卫兵们采取行动，人们酒后很容易被激怒，尤其这当中还有许多与入侵者交战后，仍然怒火冲天的战士。

但提莫斯缓慢而平静地走着，高昂着头，脸上挂着微笑。他不想在这里战斗，他知道如果打起来，他最终仍然会被带走，但杜兰特和卫兵们会更加愤怒。凭良心说，这些卫兵只是按照命令行事。此外，他，提莫斯，是领主的仆人，即使他不同意领主的命令，或更确切地说，代理领主的命令。

夜晚的空气寒意十足。提莫斯可以看到乌鸦星座中刚刚升起的红眼星。

卫兵队长恢复了信心，卫兵们也似乎都放松了下来。

"我不知道为什么要逮捕你，提莫斯爵士。"队长预料到了提莫斯的问题，说道。"有人告诉我要逮捕你，我很惊讶。"

"无所谓，你只是执行命令。"

他们继续往前走，卫兵们聊着他们在战斗中的经历，其中有几个故事听着都非常相似。

在城堡里，提莫斯被移交给了警卫。令人惊讶的是，其中一个是阿尔特，他拒绝直视提莫斯的眼睛。提莫斯被带到主接待室，有人叫他坐在那里等着。半小时后，喇叭响了。卫兵们看起来和提莫斯一样困惑不解，直到大厅另一头传来一声喊叫，"起立，向卡尔弗登代领主杜兰特大人致敬！"

话音一落，两个手持长枪的卫兵从对面的门里大步走了出来，然后他们停了下来，向前走了几步，面对面站好，伸出长矛，交叉向上。杜兰特穿着领主的长袍和配链，大步穿过这个临时搭好的门。路途过于漫长，杜兰特和他的随从们失去了伪装的庄重之相，不得不在提莫斯环抱双臂的注视下穿过房间。杜兰特的长袍下摆绊了一下，提莫斯听见阿尔特轻笑了一下。

"啊，提莫斯，很高兴又见到你。"

"杜兰特。"

"对你来说，应该称呼卡尔弗登领主大人或是杜兰特大人。"

"但你哪个都不是。"

"这只是时间问题。我的前任马上就要离世了，多么可怕的事情，这种神秘的疾病将让我们失去一位伟人。"

杜兰特的微笑激怒了提莫斯。但他必须控制局面。

"尽管如此，"杜兰特说，"我相信我能取代他。"说着，又露出那个可怕的微笑。

他叫大家退后几步，这样他们就可以私下谈谈了。

"现在，提莫斯，毫无疑问，你对自己为什么在这里感到好奇。这是因为，就像我一样，你也将在历史上占据一席之地。"杜兰特的声音低沉而沙哑。

"哦，怎么说？"

"以一种对彼此有益的方式。事实上，你已经给了我帮助，你到这里来的原因就是为了完成这笔交易。"

"交易？你说什么呢？这是你犯罪团伙活动的一部分吗？"

"啊，这是我为了拯救这座城市所做的交易。小声点，那些人没有必要听到这一切。"

提莫斯皱起了眉头。杜兰特是怎么做到这些的？他有些意识到了。

"你的意思是，你的意思是你和侵略者达成了协议？"他没有控制音量，他听到身后的卫兵在动。

"当然。这是为这座城市和它的市民所做的正确的事情。前领主一心要抵御进攻。我知道他会这么做，所以我提前采取了行动。"

"提前？你是说你事先知道这场进攻？"

"是的，我有我的消息来源。就像卡尔弗登本应该做的那样。但是，领主大人没有尽到应有的侦察职责，所以就由我来决定对这座城市来说什么是最好的。"

"所以你选择让攻击发生？你怎么可以这么做！"

"并不是我决定的，我又不是傻瓜。我所能做的就是达成一项协议，在不完全摧毁我们的前提下，让科斯维克领主得到他所需要的东西。"

"所以你背叛了我们？"

卫兵们的声音更大了。

"并不是这样。你根本没听进去，提莫斯，我没有出卖卡尔弗登，我把它从毁灭中拯救了出来！"杜兰特大声说，然后又压低了声音。"我同意向科斯维克领主透露一些信息，关于莫文和我们联盟一些成员的防御计划，无论如何他们并没有为我们做很多。而作为回报，他只会削弱我们一点点，而不是消灭我们。继续进攻对于我们所有的盟友来讲都是好事。我们将秘密加入他的联盟，以换取他未来的保护，还能充分利用我们掌握的关于盟友的其他信息。我认为这是个好买卖——你说呢？"

"所以你一直在给他递信？你是怎么做到的？"

"让我说说那些讨厌的街头小鬼的活动，你也有所体会。我不仅通过这种方式筹集了一些资金，而且我还利用这些资金与一些非常谨慎的商人建立了联系，他们不仅在城市之间提供商品交易，还有其他服务，价格可不便宜。"

"卡尔弗登领主和内阁绝不会容忍这一切！"

"卡尔弗登领主别无选择。内阁中很多人都和领主一样身患重病，我们也可以说他们无能为力。"

"是你下的毒吧。"

杜兰特笑了。"但是，在攻击期间，我突然想到一件事，这让我说服了他们立即撤退。因此，尽管我们受到了损害，但与没有达成协议的情况相比，这只是很小的损失。你知道卡尔弗登领主也会这么做的，对吗，现在他不是圣人了吧？"说着，他还故作狡黠地眨了眨眼。

"你用什么说服了他？"

"我很高兴你这么问，提莫斯，这才是最关键的地方。"他笑了。"我在战斗中给他带了个口信，我控制住了他发誓要找到并折磨的那个人，那个弄瞎了他一只眼的人，也就是你，提莫斯。现在你要被交到他手上，就在明天早上。"

"你不可能成功的，杜兰特，只有领主指认你作为继任者才行，而他永远不会这样做。"提莫斯的拳头攥得紧紧的，他必须这样才能保持冷静。

"他会的，他知道他别无选择，他被小心地关在自己的房间里，不允许任何人来访——这是为了他的健康，你明白的。不幸的是，这也意味着他所能看到的唯一一个让继承仪式起作用的人就是我。虽然我很谦虚，但我别无选择，只能接受。因为卡尔弗登领主如果不让出他的位置，这座城市和所有居民就会不复存在。"

"我的天！"

"为了保险起见，如果任命了其他人而不是我，科斯维克领主将随时传送他的整个联盟，一举消灭这座城市。所以，我想说,我们很清楚接下来会发生什么,对吗?"

杜兰特笑着转身,又停了下来,他再次转过头看着提莫斯。"你当然会是他的特别客人,考虑到他骂你时我不得不听的那番长篇大论,我想你不会喜欢的。你当然会活下去,越久越好。但是在各种严刑之下,生活一定不是那么愉快。"

提莫斯震惊得说不出话来。杜兰特带着他的卫兵离开了,提莫斯被拖了出来,包括阿尔特在内的卫兵轻快地把他带出城堡,穿过几乎空无一人的街道,来到一所漂亮的房子前。门已经开了,还有两个卫兵在等着他们。他在卫兵的监视下上了厕所,然后被领进一间房间,门从外面锁上了。尽管这间卧室比他所知道的任何一间卧室都要豪华,但就连窗户都是锁着的,外面还有站岗的守卫,这意味着只要杜兰特愿意,他就不得不待在那里,直到第二天早上,被交给一个残忍的人——一个会在提莫斯有生之年百般折磨他的人。

## 意外访客

午夜时分,提莫斯坐在椅子上睡着了,尽管五分钟前,他还笃定自己太过紧张而无法入睡——他实在是太疲惫了。

有人踢在椅子腿上,令他摔倒在地惊醒过来。一只靴子踹在他的肚子上,令他喘不过气。正当他试图弄清楚发生了什么事时,他看到一张熟悉的脸孔正在嘲笑他。

"哟,倒在地上了,你本该如此,提莫斯。"攻击者说道。

"肖恩,毫无疑问,你是你叔叔令人作呕的阴谋的一部分。"

"和你无关,蠢猪。"

"你为什么在这里?"提莫斯问道,他恐惧地以为自己要被带去送给科斯维克。

"我得让你知道我对你的看法,不能让你就这么走了。"肖恩说着又抬起脚瞄准了提莫斯。

但这一脚他没能踹下去。

他身后传来一阵扭打声和喊叫声,从提莫斯的角度只能看到房间里有几个士兵。肖恩突然向后倒去,一双巨大的手拉住他的肩膀,把他摔倒在地。现在,提莫斯可以看到守卫们被几个男人逼到对面的墙上,还有一个打扮成守卫的女人——她的背影有些熟悉,然后她转过头来。

"劳伦!"提莫斯惊呼道,"你在这儿干什么?你不应该——"

"待会儿再说。"一个熟悉的声音说道。接着一只手伸出来,把提莫斯从地上拉起来。奇怪的是,这名男子戴着一顶羊毛帽,帽檐拉下来遮住了整张脸,眼睛处草草地挖了两个孔,甚至都没有对齐。

在房间的另一头,杜兰特的卫兵和肖恩很快就被绳子捆住并堵住了嘴。

"这样只能让他们老实一小会儿。来吧,我们得快点儿跑!"一个营救者说。接着他们走出房间,穿过长长的走廊,从惊慌失措的奴隶和孤独的卫兵身边穿过,这些人除了蜷缩在墙角外什么也做不了,面对着数名全副武装的人只能不住退缩。

他们穿过古怪的走廊和门,最后来到城堡的厨房。

"那里!"戴羊毛面罩的人指着一扇木门喊道。这一次,提莫斯认出了他的声音,是阿尔特!

他们朝那边走去,突然就来到了寒冷的室外。当他们拐过两栋建筑的拐角时,提莫斯才发现有人不见了。

"阿尔特不见了!"他喊道,"我们得回去……"

"不,提莫斯,这是计划的一部分。他要溜回原处。"劳伦笑着说道,她满头大汗,气喘吁吁。

提莫斯别无选择,只能继续前进。不久,他们就离开了城门,继续快步走着,直到他们转向一条岔路,进入了一个农场。他们穿过刚刚犁过的田地,艰难地行进,越走越慢,因为大家都没了力气。最后他们走进一个摇摇欲坠的旧谷仓。"这里。"另一个营救人员说。

有人从阴影中出现了,是丹尼尔和乔伊,还有伦道夫爵士、铸造厂的贝丝以及许许多多其他的人。

提莫斯愣住了,他的朋友们是从哪里出现的?

很快,人都到齐了,大家都报以热烈的掌声和祝贺。灯被点亮了,不知从哪拿出了水罐,还有一些面包和煮熟的鸡肉。提莫斯程式化地吃着喝着,他的体力开始恢复,然而当他想到杜兰特的背信弃义时,他的肾上腺素开始急速飙升。

"我必须告诉你们所有人一件事,"他大声说。"杜兰特——"

"我们都知道,提莫斯。"一个声音在他身边轻轻地说。

是劳伦。

她轻轻拥抱了他,并在他的脸上吻了一下。"阿尔特、丹尼尔和乔伊把大家召集到一起,告诉我们这一切,然后开始实施救援计划。你先休息一会儿,一切都在进行中。看那边。"

她朝谷仓门口点点头,门又打开了,三个披着毛皮大衣的人走了进来,向四周看了看。他们看见提莫斯后径直走了过来。

是老玛丽和她的两个同事,他甚至不记得他们的名字。

随着细节的增加,一切都变得清晰了。当阿尔特突然护送提莫斯去见杜兰特时,他和其他人一样困惑不解。当然,他听到了提莫斯和杜兰特所争论的一切。

尽管他对杜兰特的背信弃义感到愤怒,但他当时必须保持沉默。

当他把提莫斯送到一名商人家后,就被打发走了。他知道第二天早晨提莫斯就要被送给敌人了,就和另外两个人商量着必须做点什么。阿尔特赶紧去找丹尼尔,而丹尼尔和乔伊刚刚和老玛丽谈过话,老玛丽建议派人乔装成卫兵混进去。劳伦也在那里,她要求一道去,但其他人不同意,因为这太危险了——她不是一名战士。

阿尔特还补充了一个细节，他假装喝醉了，走到肖恩床前把他弄醒。肖恩本来非常生气，但当他听说提莫斯被抓起来时，变得很感兴趣。他听取了阿尔特的建议，在提莫斯被送走之前过去找点乐子。肖恩开心地跟着阿尔特一起出发了，他认为阿尔特是嫉妒提莫斯，而阿尔特的同伴们也装作对提莫斯有类似的情绪。他们几个一起来到了提莫斯被关押的地方。

当阿尔特拒绝劳伦参与救援行动时，她非常愤怒。他假扮成一名士兵半路溜进了队伍。等到阿尔特意识到劳伦的存在时已经太晚了，在肖恩面前引起任何骚动都有可能使救援计划破产。

肖恩羞辱了商人家门前的守卫，趾高气扬地声称自己是杜兰特的亲戚，并表示是杜兰特派他来审问犯人的。守卫们刚一打开门，他就冲进去殴打提莫斯。阿尔特和其他人围在门口，守卫们关不上门，接着战斗开始了。

从皇家骑士同伴到和他一起训练的步兵，提莫斯熟知的许多人似乎都在谷仓里。

"但是接下来怎么办？我能去哪？我不能待在城里。如果你们现在不马上回家并忘记这一切，你们所有人都会有危险。在我看来，我们不可能成功，当杜兰特发现你们在其中所扮演的角色时，你们将难逃厄运。请离开我吧，我要离开这座城市，想办法回到我的村庄，无论它现在在哪。"

"不，提莫斯，"老玛丽说。"你认为这可能保护我们其他人，但你错了。这样做等于把这座城市和人民交给了一个叛徒，正因为那个人肆无忌惮的野心导致了一场侵略，导致了大量死亡。如果他把这件事告诉卡尔弗登领主，这场入侵本来是可以避免的。领主本可以选择不同的防御方式，召唤盟友或是传送到安全的地方。"

"那个人已经承认毒害了领主和内阁成员，还有领主的私人顾问贤者弗勒姆，只有先祖才知道，除了杜兰特本人外，谁还有可能成功接近领主。"

"如果领主别无选择，只能任命杜兰特为继任者，那么，我们怎么办，与暴君为伴吗？卡尔弗登领主并不完美，他在阴谋和操控等方面非常可耻。但他一直为城市和市民的利益而行动，杜兰特则完全不同。"

"但我们又能怎么做？"提莫斯喊道。

"上次见面的时候我就告诉你了，提莫斯。你必须成为新的领主。"

"怎么可能呢？我一点也不合格。且不提这个，我们都没有办法阻止杜兰特。所有的一切都在表明一个事实：杜兰特很快就会成为新领主了，甚至现在已经是了！"

"这个计划还有另外一个部分，提莫斯，"劳伦轻声说。"听老玛丽说完。"

夜幕降临了。时间不多，但最终一切准备就绪。天亮前众人解散了。

## 行动会议

　　提莫斯认为这个计划没有成功的可能，然而，他无法驳斥他们所尊重的原则，他们必须试一试。杜兰特是一个罪犯，腐败、奸诈，随时准备利用和牺牲无辜的人民，而人民最应受到保护，尤其是来自领主的保护。怎么能让杜兰特留在城堡里毫无阻碍地实施他的阴谋？如果提莫斯他们不采取行动，还有谁呢？只有少数人知道发生了什么，了解杜兰特的危险之处。眼下这些人至少评估了局势，做好了行动准备，即使这场行动可能没有任何结果。

　　教授们离开了。乔伊和丹尼尔都不擅长战斗，因此提莫斯要求他们继续组织人去走访营房，尽可能召集更多的人来传递这个消息。这并不会给他们带来任何实际的帮助，时间已经来不及了。但至少人们会知道事情的真相，也许将来他们能以某种方式把事情纠正过来。

　　而现在，提莫斯和同伴们还有一项工作需要完成。按照计划，他们需要前往城堡，其中一半人装扮成农民，外衣下穿着最基本的铠甲，在斗篷下藏着长短匕首。

　　另一半人则装成卫兵，提莫斯混在其中，他的面孔掩藏在封闭式头盔之下。在其他人看来只是一些不幸的人被剑抵着，押进城堡，等待囚禁或是接受拷问。这样做有几个好处，既能将缺少护甲的人围在当中加以保护，又能保证卫兵们可以随时准备使用武器。

劳伦扮演了一名囚犯。尽管提莫斯恳求她留下来，她仍强烈要求参与。

"你是个学者，不是战士，"他说，"交给我们吧。"

"如果有一名女性作为囚犯，会显得更加真实。"在经过一场激烈的辩论后劳拉这样说道。"此外，我已经参与其中了。我要去，就这样吧。"

"起码也扮成卫兵吧。"提莫斯说。

"不用了，这里没有女性尺寸的铠甲，现在去拿也来不及。我们得出发了。"

他们走在街上并没有遇到什么麻烦，尽管一些返家的狂欢者和流浪汉对他们投来略带好奇的目光。敢于挑衅城市卫队的市民可是需要极大勇气的。幸运的是，他们也没有遇到任何士兵，因为他们害怕受到高级军官的盘问。在预定的时间，阿尔特在厨房门口接应，放他们进入城堡。他们保持伪装，迅速向城堡深处走去，避免遇到太多人。在一处楼梯的底部，阿尔特环顾四周，随后打了个手势，他们从一扇小门里钻了出来，奴隶们常常穿过这扇小门抄近道避开主要走廊。这些通道很狭窄，只有当城堡里有很多客人，或者因急事不能走正常路线时才会使用。这条特殊通道结满的蜘蛛网昭示着这里已经有一段时间没有使用了。

"感谢祖先，"有人低声说。"我这辈子从来没有这么害怕过，我打过怪物，在所有的战斗中活了下来，现在的感受就像是在侵略自己——"

"安静，"提莫斯说。"最好不要这样想，否则你的决心就会消散。记住，我们不是在入侵城堡，而是为了找到城市的敌人，阻止他伤害我们的人民。我们完全有权利来到这里。"

他们蹑手蹑脚地穿过黑暗的通道，然后拐进下一个岔路，接着又拐了一个弯，来到一段狭窄的楼梯前。在楼梯顶部，阿尔特在一扇门前停了下来。他示意大家安静，大家在台阶上僵立不动。这里没有蜘蛛网，门后传来低沉的声音。

阿尔特在门上轻敲了三下，声音很小，避免引起其他人注意。门内突然安静了。

门开了，一个戴着兜帽、披着斗篷的身影逆光出现，每个人都紧张地抓住武器。

"安静。现在进来吧。"那个身影把门让了出来。提莫斯跟着阿尔特走进房间，后面的人一个接一个走了进来。

"第一步完成，"老玛丽说，刚才就是她开的门。"欢迎来到城堡图书馆。"

大家都进来了，在书架之间找地方就座，然后老玛丽开始讲话。

"干得好，很高兴见到大家。自从离开谷仓后，我们收集到了更多的信息，不过恐怕不是什么好消息。"

她走到另一边，向站在隔壁房间的两个人做了个手势。

"你们有些人应该认识首席医生奥勃拉，她一直在为卡尔弗登大人做治疗。这位是贤者泽克耶。奥勃拉，现在你可以告诉他们，在这之前你和我们说的那些事了。"

首席医生向前一步。提莫斯很惊讶她这么年轻就能成为首席，但他知道她是一位杰出的医生和管理者。他的许多战友将他们的康复归功于她在过去几年对医院进行的全面而现代化的改造和升级。

"我简直不能称其为治疗，玛丽。杜兰特不允许我亲自为卡尔弗登领主大人做检查。我必须从杜兰特对他症状的描述中尽我所能去判断，要求杜兰特测量他的脉搏和血压等。他们不允许我进入房间，甚至不得靠近走廊的门。如果不是因为事态严重，我会觉得这既荒谬又滑稽。"

"所以说自从领主大人生病以来，你并没有亲自为他进行过诊治？"提莫斯问。

"是的。起初我想去看他，但卫兵不放行。随后杜兰特把他送到了使馆，从那以后，使馆门口总有卫兵把守着，根本不让我进去。"

"他的病情像我们所听说的那样吗？"

"我觉得甚至更糟。他还能喝水，但已经吃不下东西了。如果杜兰特告诉我的症状是真实的——而且你要知道，如果领主大人已经病到无法从床上起身，不能在杜兰特面前保持威严的话——我想他可能只剩几个小时的生命，最多一天。"

"那病情……"提莫斯继续问。

"我们都假装他只是发热。但很明显，这个症状是两种毒药的作用。第一种使他昏迷数日，第二种则会致死，确切来讲第二种毒药是绣球花根。在大约24个小时前他被唤醒并服下了第二种毒药。我想那个时候他应该已经知道其他人的死讯了。"

"中了绣球花毒将会非常痛苦且必死无疑，每个受害者几乎都是同样的发作过程。最后一个阶段是在死亡前的三小时内，全身都会出现水泡。我为他准备了一种强效镇静剂，但是当水泡出现的时候，他就必须醒过来，否则他就没有时间任命继任者了。"

"这就是杜兰特将与领主独处的时刻,那时他会撕破伪装,告诉领主关于中毒事件的真相,并迫使领主做出任命,否则整个城市将会消失。"老玛丽气得满脸通红。

"我们为什么不能进去救他呢?"提莫斯问道。"我们一定能够召集足够多的人制服守卫。"

"恐怕不行,提莫斯先生。"贤者泽克耶说道,他的声音低沉而沙哑。"卡尔弗登领主不是被关在城堡的房间里,而是被关在使馆侧翼的某一层的房间中。"

"而且,"在场的另一位教授发话了。据传这位阿尔丁教授已经一百多岁了。他的四肢像细细的树枝,皮肤全是皱褶,但眼睛是明亮的绿色。"他的房间施加了禁咒吧?如果是这样,那我们无能为力。"

大家都叹了口气,气氛明显变得低落。

提莫斯看着一张张垂头丧气的脸。

"我从来没有去过使馆,它不只是在联盟会议上开放使用吗?"

阿尔丁回答道,"使馆的每一个房间都位于一条长长的走廊上,都有独立的卧室、浴室和厨房。当来使抵达后,他的助手和随行人员将同住在其中一个套房中。那里有数百个套房,现在都是空的。这是非常理想的让领主与世隔绝的地方。"

"领主被关在三楼的一间屋子里,大约在走廊的中间位置。"泽克耶说。

"阿尔丁教授提到的禁咒又是什么?"

圣人叹了口气。"这是一种保护咒语,每座城市都需要保证前来参加联盟会议或是其他会议的来使的人身安全。通往走廊的门很坚固,但无法抵挡非常激烈的攻击,因此还需要更多的东西。我听说你在铸造厂工作过,提莫斯先生。"

"是的。"

"你在那里的时候，有没有偶然看到秘银的武器、盔甲或其他装备的制作过程？"

提莫斯回想着，"远距离看到过，但我并未被允许参与其中。怎么了？"

"如你所知，秘银是一种稀有的金属，具有神奇的特质。当加入某些物质，通常是其他金属时，它可以在熔融状态下激活某种属性。它大部分都用在领主身上，领主戴着不同属性的头盔，就会给这座城市带来不同的特质。例如，给医院更多的治疗能力，或更快地进行食品或矿产产出，但相应地要付出代价。更换新的魔法元素可以增强新属性，但代价是删除最近一条附加的属性。一种特质上升，另一种特质就会下降。领主工作的很大一部分是不断评估城市当前和未来的需求，改变盔甲的属性结构，以平衡和确保资源得到最佳利用。"

"但这跟杜兰特和使馆有什么关系？"

"虽然知之者甚少，但并不是只有领主才能从这些魔法物品中获益。这些物品是由铸造厂厂长和许多其他人，包括我所在的公会的贤者们一起制作的。一些增强了英雄的武器，一些增强了龙的武器。还有一些是专门制作出来，作为保护来访使者的护符。每一位大使抵达时都带来了在他们自己的城市铸造的独特的禁咒护符，它的唯一功能是在大使访问期间，在分配给他的套房周围建立起一个保护罩。"

"在那之后，这些护符通常会被送给主办城市的铸造厂，在那里将它们熔化，以这种方式解除咒语，这样套房就归还给了其所在的城市。这些材料被主办城市作为来使赠予的小礼物回收并用于其他魔法物品。"

提莫斯开始明白了。"那么，杜兰特已经为他自己做了一件这样的物品，为领主所住的套房施加了禁咒？"

"这基本不可能，这需要贤者和其他人共同完成。比较有可能的情况是，他没有销毁上次举办会议时留下的护符，偷偷保留了一个。"

"如果护符是给来访的大使的，他怎么能用呢？"

"关键就在这里。"阿尔丁教授说。"护符会对大使及其授权的任何人做出回应，这样他的手下就可以去拿文件，整理房间等等。当护符不再被需要，并由大使交还给铸造厂厂长时，厂长就获得了授权。"

"不管怎样，结果都是一样的。我们能强迫杜兰特交出护符吗？"

"不可能。护符的咒语设定是，除非持有者自愿交出，否则不会授权给任何人。"

沉默了一分钟或更久，阿尔特突然说道，"我们一定能做点什么！"

又一分钟过去了。

然后提莫斯慢慢说道，"也许吧。谁来告诉我，仪式上会发生什么？"

"除了领主，没有人知道。"泽克耶对教授们扬起眉毛，教授们点头表示同意。

"使馆的其他房间都没人住吗？"

"是的，"奥勃拉医生说。"使馆门口有守卫，领主房间的门口也有两个守卫，但仅此而已。"

"杜兰特多久去一次？"

"这要看情况了。目前是一天两次，早晚各一次，但最近更加频繁。考虑到时间，我想我们可以假设每隔两小时他会出现在那里，甚至更为频繁。他会迫切地想要看到第一个血泡出现，然后和卡尔弗登领主待在一起，直到他被任命为新领主，或者是这座城市覆灭。"

提莫斯又想了一会儿，举起手来，不让任何人打断他的思绪。

"奥勃拉医生，请你回到使馆去，一旦杜兰特去了又离开时，请尽快给我们捎个信。来吧，我们其他人有很多事要做。贤者泽克耶，你能从你的工坊拿些东西吗？我不知道我们到底需要什么，但我可以告诉你我们要做的是什么。"

提莫斯和泽克耶凑在一起几分钟，泽克耶从教授那里借了墨水和纸，做了一些草图和笔记。然后贤者直起了腰。"交给我吧。让我想想，我需要四个帮手。"

提莫斯迅速向其他人介绍了这个计划，换来了几声口哨和一些质疑。

"听着，"提莫斯说。"这几乎不可能奏效，我也知道。但这是我们唯一可以尝试的，除非谁有更好的主意？"

四周一片寂静。

"那我们就试试吧，也只能这么做，如果必要的话，我们甚至可以去死。"阿尔特低低地说道。"已经没什么好失去的了。"

准备工作一开始，剩下的就只有等待了。当其他人还在研究计划的时候，提莫斯趁机和老玛丽小声交谈着，她正忙着和其他教授一起把成堆的卷轴和书从桌子上搬到书架上，以免客人们不小心碰到。

"我和杜兰特可能是天生的对头，但你坚持要我成为下一任领主，即使我们真的到了那一步，我也无法接受。"

"提莫斯，大概有十几个人，从资历、经验、性格上都是合格的领主人选。但在这个城市的某个地方是否有更多人适合这个位置已经不重要了，命运已经安排你今晚出现在这里，这就是最重要的一点。众所周知，你很勇敢，几乎比任何一个士兵都聪明。你的学习能力很快，并且能准确地执行。最重要的是，你在城市里被很多人爱戴，因为你关心别人，且责任心高于一切。"

"看看你周围的人。这里的所有人出现于此的原因，都是因为他们爱戴你，信任你。你的荣誉、正直和品行都适合这一位置。命运和杜兰特共同把你推到了这里，人们都在谈论你的作为——保护无辜者，勇猛而明智地战斗，所有这些都增加了你的传奇性。天时、地利、人和一应俱全。否认这一切是错误的，不管是否认这里的所有人，还是那些即将受到那个怪物摆布的居民们都是错误的，尽管他们也许还不知道这一事实。"

"放任邪恶就是与之合谋。"

提莫斯低下头，看着自己的脚。"我只是觉得自己没有足够的能力。"

"提莫斯，停止重复这些话，我明白你的意思。现在看着我，相信我，在任何人成为领主之前，他们都不是完全匹配这一职位的。每个人都是原石，而你，每一种特质你都已经具备，或者还有更多。成为领主后，你将会改变，这不像任何新的工作或家庭一样，它会真实地改变你。只有得到任命后，你才完全有资格成为一个领主。永远记住这一点，如果你成为领主，你就是这座城市唯一的主人，也是最为正确的领主人选。"

提莫斯认为这个逻辑哪里不太对，但没有再说什么。无论如何，在他不得不面对那个决定之前，还有很长的路要走。即使他们完成了计划的下一部分,每个人都忽略了卡尔弗登领主的想法。但所有这些都必须暂时放在一边,当务之急是继续推进这个计划。

## 任命仪式

奥勃拉医生派人小跑着从使馆赶过来。杜兰特和他的随从刚刚离开了使馆里的领主套房,向龙厩出发了。他吩咐奥勃拉在使馆待命,一小时内他就会回来。

"很好,我们从厨房穿出去。行动开始!"提莫斯说。

这次穿过通道的速度要快得多,他们按时出现在院子里,依照计划分成两队。

现在,命运掌握在先祖的手中。

与此同时,杜兰特已经到达了龙厩。

"明晚我们需要巨龙出发前往东部和北部,"杜兰特告诉巨龙管理人。"它们需要带着外交信件,注意,它们必须同时到达目的地。重要的是,在与我们的新盟友对话之前,不能让别人抢先一步签署新的联盟合同。这是这个地区的地图,我需要你的龙在明天钟响十八声时到达这些已知的城市位置,这里,这里,这里还有这里。算出每条龙离开这里的时间,保证它们在正确的时间到达指定的城市,嗯?"

半小时后,杜兰特心满意足地回到城堡,在他指定的房间里洗澡,去除身上那些可怕的动物臭味。明天的这个时候,他将入住领主的房间,一切都将不同。泡在浴缸中,他在脑海里为将要去世的卡尔弗登领主草拟了一篇恰当的讣告，这一责任让他暗自欢喜，但面上仍会挂着悲伤和关切的面具，令人同样欢喜的是他确认自己将被任命为卡尔弗登新领主。到那时，一切都需要做出改变。

杜兰特擦干身子，换上新衣服，他想到了那只被困在老商人家里的小刺头提莫斯。作为新任领主，他可没有时间亲自为他送行，但他确信肖恩会更乐意接受这个任务，目送这个死对头身缠锁链押往科斯维克，恨他入骨的科斯维克领主正等着为自己失去的眼睛报仇。

杜兰特没有时间吃饭了，事实上，他感到有些反胃，为将要发生的事情紧张不已。他叫来六名卫兵，护送他向使馆出发。如果首席医生是对的，这将是他最后一次前往使馆，那么他会让她继续保留这一职位。虽然个性有点独立，但她的医术非常好，然而卡尔弗登领主赋予了她太多的权力，允许她进行昂贵的改革。他很快就会修正这件事的。

使馆正门刚换了班，然而事情进展得并不像他希望的那么顺利。门口的那个傻瓜卫兵没有认出他来，一分钟过去了，两分钟过去了，他对着那个白痴大喊，他确实是杜兰特先生，是代理领主。没错，他下令不允许任何人进去，但这并不包括他本人！

当他们终于进入使馆正厅时，杜兰特的心情无比糟糕。他握紧拳头，心跳加速，但他不得不控制住自己。他停下来，慢慢地深吸一口气，闭上眼睛，无视随从们的目光，然后他说要喝水，有人递了上来。他需要保持感官敏锐，冷静，专注。马上他就要为生命中最重要的时刻而进行谈判了，是啊，这对整个城市都很重要。毕竟，他是唯一能拯救他们所有人的人，他必须确保垂死的领主大人指定他作为继任者，而不是让他们全部消失。

杜兰特第一次感到了真实、冰冷的恐惧从他的胃里扩散到心脏。他摇了摇头，讲了一个下流的笑话，让大家放松下来，然后他们穿过接待室，上了楼。

他们经过长廊的转角，杜兰特用手指摸了摸禁咒护符，护符被他用皮绳挂在了脖子上。在领主房间的门前，有两个卫兵看守着。当他走近时，坐在门对面长椅上的奥勃拉医生站起身来向他点点头。杜兰特身后的两三个卫兵偷偷地笑了，因为刚刚杜兰特就是拿她开了一个肮脏的玩笑。

"他可能有点发烧，呼吸急促，对光非常敏感。你要找到针孔大小的水泡，它们会从胸部开始出现，但在几分钟内就会迅速覆盖全身。水泡会在两个小时内成长然后破裂，这让人很不愉快，但他感受不到任何痛苦，他已经失去痛感了。"

"那么之后，还有一个小时的时间？"

"是的。他的肺会充血，然后心脏衰竭。他要么死于肺溺，要么是心脏直接停止跳动。"

杜兰特突然感到有些害怕，"肺溺？但是他还能说话，对不对？"

医生看着他，他明白她清楚地知道发生了什么事。"是的。最后的半小时他因窒息而挣扎，但他可以说话，直到生命的最后几分钟。不必你发问，他就明白了。"

杜兰特又深吸了一口气，向站在一旁的门卫点点头。他一只手拿着护符，另一只手去抓门把手。门像往常一样轻松地打开了，他大胆地走进漆黑的房间，随手关上了门。

"又见面了，我的卡尔弗登领主大人。"

蜡烛并没有点亮，杜兰特走到壁炉前，想要点燃它。

"不要动。"床上传来一个声音。

杜兰特还是点燃了它，举着烛台来到领主的床前。领主转过脸去背对着他，面向紧闭的窗户。但杜兰特从领主敞开的睡衣间看到了他脖颈上刺眼的红色水泡，他笑了。

使馆里的豪华房间的高床旁边是长长的木质台阶，杜兰特坐在上面，把蜡烛放在一旁。即使蜡烛的微光让他不足以看清房间内其他阴暗的角落，他仍然可以看到那些水泡。

"我的领主，我看到你身上起水泡了。医生告诉我这是一种罕见的瘟疫。"

为什么在这种时候，他还坚持假装大家都不知道这是绣球花毒呢，杜兰特也不清楚。医生和外面所有相关人员都已经知道真相，至少抱有疑惑，因为关于领主和内阁大臣生病的细节肯定已经泄露出去了。但他不知道领主本人是否知道，所以让领主无法确定事情真相显然是明智的。杜兰特需要尽可能地聚集更多的善意，如果领主拒绝了他的第一个请求，那么他会告诉领主，其他人都是被毒死的。领主会明白没有解药，离一切结束还有一个小时左右。

"首席医生说，你的时间不多了，大概还有一个小时。她仍然像其他所有人一样，因为过于害怕而不敢进来。我则不同，我很安全，小时候也有过类似的瘟疫，奥勃拉医生说我有免疫力。我痛恨生病的那天，然而又很庆幸我康复了，尽管这场病让我失去了太多亲人，就像……就像……"他实在是不知道如何能够哭出来，但声音中的颤抖让他感到很满意。

"也正是因为这个原因，我才能够在这里，由你来任命我作为继任者。领主大人啊，我知道还有更多的人，你宁愿让他们继承你的意志与地位，但瘟疫夺去了他们的生命。尽管可能还有其他人，但我们必须面对这样一个事实：我是唯一一个能与你亲密接触而又不会染上疾病的人。哦，我的大人，如果不是这样就好了……但天不遂人愿。"

杜兰特等待着回应，但是并没有任何声音。他仔细看了看，嗯，那个人还有呼吸。

"大人，留给你的时间已经不多了，而我就在这里，如果你不指定继任者就死去的话，整个城市和所有人将会消失。我必须要求你多想一想你的人民，想想什么是必须要做的……虽然我认为提出这个建议非常困难……但你需要任命我作为继任者。我承诺在我余下的生命中，将以维护城市安全为己任，并尽快找到更为适合的继任者，这样我可以愉快地卸下这一重担，继续我平静的生活，那是我一直以来——"

"够了，"一个虚弱的声音传来。"我很清楚你是什么人，杜兰特，我也知道你做了什么。我只希望我的人民不要被你欺骗了。"

"大人，您在说什么……"

"我说，够了。你是对的，我别无选择，只能任命你，现在，马上。"那声音似乎更弱了。"快点，杜兰特，我能感觉到毒药在迅猛发作。"

"快点？呃……你想让我做什么？"

"转过脸去，向门口走几步，然后闭上眼睛，在我说可以之前，无论如何都不要睁开眼睛。"

"这就是任命仪式吗？"

"对，就是这个该死的仪式！"一直虚弱的声音突然提高了。

杜兰特慌忙地按照领主的指示转身向门口走了两步，然后稳稳地站住，准备迎接即将发生的未知的一切。然后他闭上了眼睛。

神啊！是不是从黑暗中传来了一些响动？他把眼睛闭得更紧了。接着传来了更多的低语，确切地说，是吟唱，语句晦涩难懂，听起来毫无意义。吟唱声越来越大，突然一阵风吹到了杜兰特的脖子上，他惊讶得差点儿睁开眼睛。现在似乎有两种声音正在响起，一种强大的力量正在发生作用，他感到既害怕又兴奋。

突然，随着砰的一声巨响，一道红绿交织的光芒划过他的眼前。他不由自主地尖叫起来，但还是保持眼睛紧闭，脚下一动不动。

吟唱还在继续，但声音越来越小，直到恢复安静。他还在等待着，然而什么都没有了。

"大人？"

没有回应。杜兰特在想是不是哪里出了错。

接着传来了几不可闻的低语。

"结束了，杜兰特，你已经被这座城市的魔法力量任命为继任人了。现在，离开这里，让我安静地死吧，我不想再看到你。"

杜兰特睁开了眼睛。四周仍是黑暗一片，蜡烛被刚才那股神奇的风吹灭了。不过用不了多久，他就能从教授和贤者那里弄清楚这一切，有很多事情他需要马上知道。他低下头，在昏暗中几乎看不到自己的双手，它们现在掌握了怎样的权力，以及何等的财富。

杜兰特丢下一句"永别了，祝你长眠"，头也不回地大步朝门口走去，把那个将死之人丢在背后。

他猛地把门打开,看见门口警卫、亲卫队和奥勃拉医生。从他们眼中他看到他们有点害怕,这就是作为领主的意义,感觉上完全不一样了。他把门一关,转向其中一个警卫。

"你,跑步到城堡,告诉他们准备迎接新领主的到来。"然后他对另外一个人说,"你到我的仆人那里,吩咐他把我的房间换到领主的房间去。"

接着他站直身子,惊觉空气是如此甜美。他将享受接下来的这段路程,沿着走廊,穿过使馆,以前所未有的方式回到城堡。他会慢慢享受的。窗外的景色都变得不一样了,一切仿佛都比之前更加闪亮。

身后传来一个女人的声音。

"领主大人。"

他感到一阵短暂的愤怒,不过这个称呼引起了他的兴奋。

"怎么了,奥勃拉?"

"抱歉,领主大人,但关于前领主,还有事需要处理。"

"什么事?"

"他就要死了,大人,也许已经死了。但总得有人进去照顾他,不能就这样把他留在那里。"

杜兰特根本没想过这件事。他现在需要表现得慷慨大方,体贴入微。

"是的,当然,我们必须尽可能地尊重他。你能接下这一重任吗,医生?"

"我可以,先生,但我需要禁咒护符。"

杜兰特觉得自己犯傻了,但没有必要让对方看出来。

"是的,你当然需要,我正准备把它交给他,让他交给你。"他说着,把护符递给了其中一个护卫。"把这个交给奥勃拉医生,记住,提供她所需要的一切,这都是为了我们已故的领主。"

说完这些,杜兰特在脚步声和盔甲的响声中离开了。

奥勃拉低头看了看手上的禁咒护符,长出了一口气。

## 声音

对使馆正门卫兵的突袭进行得并不顺利。

提莫斯向跟随他的小队下达了绝对指令，不允许杀害任何一名卫兵，即使是造成伤害，也尽可能地把伤害降到最低。他们与卫兵并没有任何仇怨，这些人只是在工作，他们也是用行动保护市民的一分子。

根据计划，他们这群人需要非常随意地接近对方，聊天嬉闹，仿佛一群还在外面庆祝的人。他们将要接近这些卫兵，或是试图邀请他们加入，以此分散对方的注意力，等到提莫斯发出信号，就迅速用匕首抵住他们的脖子并制服他们。接着塞住他们的嘴巴绑起来，关在使馆深处某个可以上锁的房间内。这一切都必须迅速利落地完成。提莫斯的人将替换这些卫兵守在这里，并监视杜兰特和他的护卫，一旦他们来了，尽全力拖住他们。这非常重要，因为其他人需要加入使馆内部泽克耶的行动小组，他们需要争取尽可能多的时间。

他们小跑到使馆所在的道路的起点，然后假扮被押送的囚犯。这段路太长了，提莫斯非常不喜欢，但也没办法。守卫们看到了他们，前方路上空无一人。他们走到跟前，停下来和警卫交谈。

"什么时候换岗啊，伙计们？"

"两小时后，朋友。"

"什么？为什么要守着空空的使馆？来吧，和我们去酒馆喝上一杯。莎利有钥匙。谁也不会知道。"

酒醉的踉跄使他们的距离更近了，这时提莫斯喊了一声"上！"卫兵们被控制住了。很快，他们的剑从腰带上被扯下来，嘴里被塞上了布，胳膊反绑在身后。尽管对方并不相信，提莫斯仍旧告诉卫兵，他们没有恶意。然后这些人被押进使馆，由他们的人守在门口。

不出所料，使馆里一个人也没有，他们很快就到了选中的接待室。提莫斯用剑尖逼着那个不情愿的守卫进了房间。这个勇敢的人一扭身，从剑下穿过，用肩膀把剑往上一推。接着他用力一跳，反绑着的手绕到了身前，手里还握着一把匕首，一定是藏在他背上或靴子里的什么地方了。这个卫兵冲向门口，和劳伦撞了个满怀，差点就跑了出去，阿尔特从侧面猛击了他的头部，卫兵晕倒在地。

劳伦倒抽了一口气，双手按住大腿，提莫斯看到她外衣上有血迹晕染开来。其他人正在努力压制卫兵们，提莫斯试图用皮带紧紧地勒住她的大腿，但是鲜血还是不断涌出，当他进一步用力的时候，皮带断成两截。尽管他用膝盖压在伤口上，仍然血流不止。他看到了不规则的伤口，不仅动脉破裂，其他血管也破裂了。劳伦紧紧抓住他的胳膊，脸色变得苍白，眼皮动了动，接着失去了知觉。阿尔特接过手来，绑好了止血带，在提莫斯的帮助下，把劳伦放在肩上，从使馆后门快速离开，前往最近的医疗站。

提莫斯必须把注意力集中在下一步的行动上，而不是劳伦的身上，尽管此刻他无比想要跟着阿尔特离开。

他颤抖着把注意力转回到卫兵身上。他们的手被重新绑在身后，然后与脚上的皮带绑在一起，行动小队尽量试着让他们舒服点。提莫斯弯下腰告诉他们，他们很安全，很快就会被释放，这是为了这座城市的利益，别无选择，他们想要阻止杜兰特的背信弃义。一个卫兵朝他脸上啐了一口，另一个躺在地上，一脸怒气。

这些人尽他们所能地做好本职工作，认为提莫斯他们背叛了城市和领主。现在他已无法说服他们了，所以就这样吧。

"我们走吧。"提莫斯说，留下两个人看守，剩下的四个人包括他自己，奔向领主所在的房间。他们走到拐角处，领头的士兵观察情况。

"两个人，"他小声对其他人说，"但我们距离那里有六七十米远。奥勃拉医生正坐在长凳上。"

"我们先明着来，直接走到他们面前，就好像我们是杜兰特派来的一样。现在列队。韦斯利，你和我走在前面，把武器留在这里。不，听我说完，"韦斯利刚要抗议，提莫斯制止了他，"我们需要在不伤及对方的情况下尽快制服他们。已经流了太多的血，我们不能和这些勇敢的人发生冲突。你们两个收剑回鞘，但把手放在匕首附近。"

"如果这行不通呢？"韦斯利问道，他是这次行动的第二指挥官。

"如果没有成功，"提莫斯说着，与每个人对视了一眼。"如果他们不信任我们，那么韦斯利，当你靠得足够近的时候，就向最近的警卫扑过去，我来对付另一个。但不要扑他的身体，去攻击他的脚。先出脚，再滑过去，你的目的是从下方扫倒他。

如果你是站立姿态,他会用剑或匕首刺你,但他预料不到你会进行低方位攻击,等他意识到的时候已经晚了,他会失去平衡倒在地上。就算你没有成功,你的头和身体也在他的攻击范围外,大概吧。"

"你们两个留在后面,在韦斯利和我能站起来之前,你们可能需要善后。"

"天哪!那一定会很疼的,那可是石头地面!"

"是的,肯定疼得要死,但护膝和护腿会让我们活下来的。如果女神庇佑,武力部分到此结束,就算有一两处骨折也没有关系。好了别这样,韦斯利,我是在开玩笑。我们会没事的。"提莫斯说道,衷心希望如此。"还有什么问题吗?"

几秒钟后,他们拐过转角,排成密集队形,向卫兵走去。卫兵们一看见他们,马上警觉起来。

"放松,放松,"提莫斯说道,"杜兰特大人很快就会回来。我们是来换岗的。"

"嗯,时间到了。你们四个都是吗?"

"是的,杜兰特大人认为需要加强安保。"韦斯利转了转眼睛,说道。

"你说得对。"两个卫兵中年纪稍长的那个说道,打了个哈欠。

"有什么要报告的吗?"韦斯利问。

一切非常容易,当这两名卫兵打算离开时被四人小队给抓住了,然后丢进了走廊上的一套三人间,不过没有禁咒保护。他们被绑起来,堵住嘴,并与门口卫兵一样获得了相同的承诺。当然,他们的反应也是一样的。

韦斯利飞快地跑下楼,把贤者泽克耶的小队带了上来。提莫斯和奥勃拉则把长凳从领主被囚禁的房间门口挪到另一个房间的门口。剩下的两名卫兵则在新的房间门口站岗。

泽克耶小队带着包裹和箱子，进入那个房间里，关上了门。提莫斯和韦斯利站在囚禁着卫兵们的房间里，除了偶尔的低沉的喘息外，四下里一片安静，直到杜兰特和他的随从踏上了走廊尽头的楼梯。一个卫兵在他身后的房门上快速地敲了三下。

杜兰特打开了门，其他人都在外面等着，杜兰特的护卫和提莫斯的人互相开着玩笑。房间里传来一阵低沉的声音和"砰"的一声。最终，杜兰特出来了，看上去兴高采烈。

杜兰特和一两个卫兵交代了几句话，又把护符转交给了医生，自己则耀武扬威地出发前往城堡，前往领主的房间。周围都是欢呼声和鞠躬，杜兰特洋洋自得，没有注意到这些目光中夹杂的轻蔑和嘲笑。

杜兰特要求再洗个澡，尽管在参观过巨龙之后他刚洗过一次。但这是应该的，因为他的人生已经开启了新篇章。浴室里装满了花瓣和领主的——现在是他的——特供精油，这些奢侈品都是在突袭大和人时获得的战利品。他放松身体，女仆不时地用银桶注入新的热水。他挥手让她离开，擦干身体，穿上他能找到的最为合体的华美衣服。事实上前任领主的衣服并不适合他，领主本人高高瘦瘦，而他因为铸造工作，肩膀宽阔，双臂粗壮。不过长袍掩盖了这些不足，很快他就要有新的领主服饰了。

脖子上挂着项链，额头上戴着领主发箍，杜兰特对着镜子看了看自己的形象，然后走到房间正门，微笑着打开了门，准备好出席他的第一次官方宴会。

当杜兰特正在打扮自己的时候，使馆之中，提莫斯和其他人都留在他刚刚离开的房间里。

现在提莫斯头上的灯都点亮了，可以看清那些匆忙布置的精巧装置，它们仅仅安装在家具后面的角落里，是泽克耶和他的小队在杜兰特到来前的几分钟内完成的。

"这是我必须自己做的事情。不，韦斯利，我不需要任何保护，其他人应该在城堡里等我。如果这件事成功了，还有很多事要做，需要很多人手。如果没有成功，那最好不要让杜兰特看到你们牵涉其中。"

"我留下来。"奥勃拉说。"领主这个时候仍然需要照顾。"

"当然，"提莫斯说。"我们继续吧。"

当其他人消失在走廊尽头，奥勃拉把禁咒护符递给提莫斯，提莫斯深深地吸了一口气，闭上眼睛，向他的祖先，包括他的父母和祖父母做了一个简短的祈祷。

他沿着走廊向隔壁房间走去，握住门把手，停了下来，看向奥勃拉。她点点头，微笑着说："去吧，做完你要做的事，然后我马上进来。"

提莫斯扭动门把手，往前一推，原本锁着的门很容易就开了。房间里一片漆黑，但来自走廊的光线照亮了房间的另一边，他看到了一张床，和几分钟前泽克耶假扮领主躺上去的那张一模一样。窗帘拉着，床上的隆起说明被子下面有人。提莫斯关上门，摸索着走到餐具柜前，发现了灯。他从口袋里掏出火绒盒，划了个火星，油灯立刻点燃了，他调整了一下灯芯，使它发出稳定的光芒。他把灯拿到床边，放在旁边的台阶上。

他清了清嗓子，"领主大人。"

床上没有回应。

"领主大人，我是提莫斯，是您的皇家骑士团成员。"

这次被子下的人影动了一下。一个人头冒了出来，转向他的方向，勉强可以辨认出这是卡尔弗登领主本人，他的脸上布满了红色的疤痕，向外渗着血，眼睛也全都变成了血红色。根据奥勃拉医生的描述，时间所剩不多了。

"你是怎么到这儿的？杜兰特呢？"领主轻声说。

"他现在在城堡中，大人。"

"怎么可能？他不可能离得太远，他是那么想和他的老领主做最后的道别，然后被任命为新领主，如他的黑心所愿。"

"他不会回来了，大人。在他看来，他已经是卡尔弗登的领主了。"

领主睁大了眼睛。"提莫斯？我记得你。自从那天晚上我们在巷子里相遇，杜兰特和你搭讪的时候，我就一直看着你，看着你迅速成长，晋升。现在，是你以某种方式打败了他吗？多么合适啊！"他想笑一下，但是突然咳嗽起来，咳得很厉害，提莫斯甚至担心这是他最后一次咳嗽了。血从嘴里漫了出来，但他恢复了常态，接着问道："告诉我，提莫斯。杜兰特到底怎么了，为什么他会有这种错觉？"

"是这样的，大人，我们需要赶在您任命杜兰特之前找到您，然而他给这个房间设置了禁咒，我们必须说服他自愿把护符交给我们。在您任命他为新领主之前，这完全不可能。所以，我们安排了点小伎俩，把他骗入错误的房间，让贤者泽克耶假扮成您的样子。我们只不过放了一点儿烟火，在昏暗之中他以为任命仪式完成了，把护符交给我们就赶快离开了，我想此刻他正在城堡里庆祝吧。"

"哈！干得好，提莫斯，太漂亮了。但是内阁呢，还有人在吗？在我死之前，我必须任命他们中的一个人成为新领主，否则整个城市就会消失。"

提莫斯直视着他。"领主大人，杜兰特毒害了内阁成员，除了粮食部长和另一个选择躲起来而不去面对杜兰特的人之外，其他人无一幸免。还有达菲德爵士和亚历山大爵士，以及如您所知，您的妻子和孩子也遇害了，对此我很抱歉。现在也不能确定还有多少人被这种无耻的方式残害了。"

提莫斯身后的门打开了。

一个熟悉的女声说道，"最好的候选人就在这里。"

"阿尔弗雷德，"这是领主的名字，当他还是一个男孩的时候，老玛丽也曾是他的导师。"提莫斯是你最好的选择，即使内阁没有被谋杀，也会如此。"说话的正是老玛丽。

贤者泽克耶和首席医生奥勃拉跟在她身后走了进来。

"所有的教授、贤者和医生都同意这个人选，"老玛丽继续说，"包括皇家骑士。他不仅是唯一的选择，而且从性格、荣誉感和正直等方面，都是最佳的选择。我们都在这里帮助他渡过难关，而他所缺乏的经验，可以用人性中最好的品质来弥补。是时候了，阿尔弗雷德，我的卡尔弗登领主大人，执行任命仪式吧。"

"任命仪式？"领主发出一声大笑，这让他又咳嗽起来。"没有什么仪式。提莫斯，我很高兴任命你作为我的继任者，成为卡尔弗登的领主。孩子，你要明智地治理好这个城市。"

教授和贤者微微皱了皱眉头，互相看了看。"但是，"老玛丽说，"必须有一个仪式。我们这些教授从来没有有幸看到过……"

接下来的内容提莫斯已经听不到了。周围的景色开始变得暗淡，他听到了空洞的低语，声音越来越大，最后变得完整，几十个，几百个，甚至上千个："欢迎你，新领主""你好啊，领主""欢迎卡尔弗登的新领主""祝贺你,提莫斯,卡尔弗登领主大人",还有许许多多类似的情绪,汇成一片嘈杂的声音。提莫斯用手捂着耳朵,然而根本无法把它们阻挡在脑海之外。

他还接收到一些不太友好的信息。"你是谁?""你和你的联盟永远不会打败我们""我们来找你了!"

最后一个新的声音传来,那是一声愤怒的呼喊:"杜兰特在哪里?你,怎么是你,提莫斯?那个弄瞎我眼睛的阴险的乡下小子?我、要、抓、住、你!"

通过这种方式,提莫斯第一次体验了这一职位的奇妙能力之一:与王国各地的其他领主互通消息的能力。而且他意识到丹尼尔是错的:不同文明之间没有分裂,也没有与生俱来的敌意。虽然有些联盟只由一种文明组成,但成千上万的龙裔城市与维京城市和大和城市都保持着结盟和友谊,就像他们与由几种文明组成的联盟作战一样。结盟是价值观和信任的问题,而不是种族或宗教的问题。

他要过一段时间才能控制住自己,变得适应这种存在。而现在他能做的就是让自己保持清醒。

老领主正在对他说话,提莫斯甩了甩头,试图听清那些话。

"……专注于面前的事情。这些声音会变得柔和,尽管它们会一直存在于你脑海深处,你依然能够在这个世界上发挥职责。这些声音将成为你的一部分。提莫斯,你是新任的卡尔弗登领主,你会发现这个角色比你想象得要复杂。我知道你们认为我是一个善于玩阴谋的政治人物,有时我做出的决定似乎很糟糕,有时甚至是不光彩的。"

"然而很多东西是肉眼无法看到的。提莫斯,你需要权衡利弊,为了大多数人谋取最大的利益。"

"这么多年来，我第一次与其他领主失去了联系，这很奇怪，现在只有我一个人在这个身体里。这是如此的令人悲伤，但又如此的快乐，我再一次成为我自己，阿尔弗雷德。"

"我已经准备好离去了。"

"嘘。"奥勃拉说，她已经走上前去，给领主清理头部，沉重的毛巾上全都是血。提莫斯看到血像眼泪一样从老人的眼睛里流下来，他的视线模糊了。

"现在走吧，"老玛丽说着，拽着提莫斯的胳膊。"我们将和阿尔弗雷德在一起，帮助他返回先祖的世界。而你得去城堡阻止杜兰特，避免他制造更多的伤害。"

在此之前，提莫斯去了贤者之塔，告诉他们立即启动传送离开该地区，目的地不限，只要科斯维克和他的盟友们不能立即来入侵就可以了。

二十分钟后，当杜兰特微笑着从领主的房间里走出来时，看到了提莫斯和十几名士兵正在向他致意，他的表情因震惊而僵住了，接着愤怒地皱起了眉头。

"他在这儿干什么？他现在应该在前往科斯维克的路上了。卫兵队长呢？"

"和我在一起呢，杜兰特。队长，请逮捕这个叛徒。"提莫斯说道。

## 重建

在接下来的数小时以及数天之内，提莫斯下令把已知帮助杜兰特实施计划的人都抓了起来，包括肖恩和贤者弗勒姆。弗勒姆承认帮助杜兰特策划了政变，这让所有其他的教授和贤者都感到失望。做完这一切，提莫斯非常疲惫。

他私下里为劳伦感到难过，他不应该答应她的要求，让她加入对城堡的渗透行动。如果他没有答应，劳伦现在应该是高兴地和弗兰克一起整理瓷板和龙皮书。不过现在他必须把这一切抛诸脑后，直到他适应了新角色，才能够抽出时间去反思。这对他来说很困难，丹尼尔和乔伊都很担心他。

提莫斯很难把领主们的信息置于脑中某处并忽略它们，但他慢慢地掌握了这个技能。

当下最要紧的事情之一是举行阿尔弗雷德的国葬，这位前卡尔弗登领主在任命提莫斯后不到一个小时就去世了。国葬之后，提莫斯和许多教授及贤者们又参加了一个私人葬礼，参与者们都是提莫斯救援计划和推翻杜兰特的行动计划的成员，还有提莫斯的朋友们，包括丹尼尔和乔伊。

劳伦看上去好像只是睡着了。她的皮肤苍白，脸颊红润，头上戴着鲜花做成的花环，那是提莫斯在乔伊的帮助下亲手完成的。提莫斯吻了吻她的嘴唇，把一根精致的金链放在她的手中，含泪道别。老玛丽和贝丝把手放在他的肩上，让他待了一会儿，就把他拉走了。劳伦的棺材被封闭，弗兰克和劳伦的另一个同事用火把点燃了柴堆。

接下来提莫斯不得不任命他的新内阁。所有公会会长都已经就位，很多人都中毒了，杜兰特当然也不再是铸造厂厂长了。公会选出了各自的新主人，虽然提莫斯对每个人的任命都有最后的发言权，但依照惯例他只是接受投票结果。不过他还需要再任命三个内阁部长。

提莫斯倾向于选择他的朋友和那些忠于他的人，但他听从了教授和贤者们的建议，对在各个领域内最有领导经验的人进行考核和任命。最终选拔出的两男一女提莫斯之前都没有见过，但他们都在城里担任过官职。在那些失去了原有会长而进行新会长选拔的任命之中，他欣喜地发现了老商人鲁弗斯。他是在这场政变中唯一一个中毒后又康复的人，尽管他的体重减轻了很多，左半边身子也失去了功能。所有这些人都就位后，城市又开始正常运转了。

虽然一些内阁新成员强烈反对，但杜兰特还是在提莫斯的安排下，在联盟城市莱姆斯接受了审判，以确保审判的公正性。包括提莫斯在内的来自卡尔弗登的证人出席了听证会，莱姆斯的法官判处杜兰特死刑。他被送回卡尔弗登，提莫斯将他的刑罚做了变更。他将终身被锁在采石场里，开采并粉碎铁矿石。他的同谋们，包括肖恩在内也是如此，只不过刑期稍微短一些。提莫斯无法忍受更多死亡了。

他派遣丹尼尔率领一支庞大的军队，带着许多士兵、货车和包括弗兰克在内的教授，秘密前往遥远的遗迹探险。探险持续了几个星期，他们往返送回了无数宝藏，包括金、铁、银、秘银、宝石以及各种有价值的物品。其中一些物品提莫斯可以感觉到强大的能量，但对其一无所知。教授们和贤者们热切地研究着，尤其是针对那些已经找到的瓷板，彼此之间反复研讨。

"贤者们确信，这些瓷板包含了他们一直渴望的更强大的天神魔法。我不知道他们是怎么确认的，连一个字符都看不懂，他们怎么就能知道呢。"当弗兰克向提莫斯汇报进度的时候这样说道。

黄金用来维修和升级受损的墙壁和建筑物，并招募更多的士兵来代替那些阵亡士兵。提莫斯升级了伐木场、矿山和军用帐篷，鼓励尽可能多的人去学院报名学习。慢慢地，知识甚至传播到了农场村庄，所有部门的生产力都开始提高。

提莫斯在军械库里与老玛丽和泽克耶待在一起。在那里，他学习了每一种头盔、靴子、护甲、剑和其他物品的性能。很快他就可以熟练地改变自己的个人服装，以最好地满足城市和联盟的当前需要和长期需求。

接下来是联盟，这是最棘手的问题。提莫斯需要很长一段时间才能确定哪些盟友值得信赖，哪些盟友应该断绝关系。目前还不清楚除了莫文城之外，还有哪些盟主被出卖给了科斯维克，杜兰特是不会交代的。

最后，他别无选择，只能告诉他们每一个人，他们有可能被出卖了。有些人对提莫斯很生气——虽然这是不公平的，但提莫斯能理解。一些人立即切断了所有的联系，离开了联盟。

多数城市在震惊过后，把它当作一个机会，升级城内设施，开始策划在科斯维克袭击时诱捕他。这不是直接计划，因为如果他切断与一个城市的联系后，这将影响到其他城市与这个城市的结盟协议，进而影响到与卡尔弗登以及联盟中所有其他城市的协议。

尽管提莫斯把大部分工作留给了他的国务大臣、大使和其他外交官，但他本人还是尽可能多地批复了各种决策文件，并坚持在传递或好或坏的消息时与领主们面对面会晤。

另外一些黄金用于为奥勒拉医生的医院和她的公会进行升级。提莫斯定期去医院看望病人，与他们亲切交谈，这令他的人气进一步飙升。

还有一部分黄金用来改善城里奴隶的居住条件。他建立了一套慈善学校体系，强制城里或周边村庄的所有孩子上学，包括他们在传送时在野外遇到的任何孩子。他还正式建立了民防体系。

几个月过去，当其他人都得到帮助后，提莫斯开始了一项雄心勃勃的计划，给城堡升级。黄金储备快速下降，但通过精明的交易和谨慎的行业管理，提莫斯赚到了更多的钱，很快卡尔弗登不仅恢复了原貌，而且比以往任何时候都更为强大和富有。

更多联盟邀请如潮水般涌来，有些联盟甚至非常强大，但提莫斯决定，他应该留在那些过去一直与卡尔弗登合作的城市身边。

一天下午，他正在看一份关于城市重建需求的报告，突然门被撞开了，木门撞在了石墙上，不停地颤动着。来人是弗兰克，他身后站着几位兴奋的学院教授。

"领主大人！"

这个称呼还是让提莫斯有点儿不舒服。

"进来吧，弗兰克，都进来吧。发生什么事了？"

"这个，"弗兰克手里拿着一本他们从遗迹中搜寻出来的龙皮书。"看，这里，还有这里。这一页上写着龙的古老语言——而在背面则是用天神语言写出的一段话！"

"我明白了。"提莫斯回答，虽然他根本不明白。"这段话是关于什么的？"

"这段话是讲述了关于一个老人和他驯养的狗的故事。"

"这个故事让你这么兴奋吗？"

"是的！"弗兰克笑得嘴都要裂开了。

"领主大人，"一位上了年纪的教授接过话题，提莫斯并不认识他。"弗兰克想要说的是：无论是龙族古语，还是天神语言，这两段话似乎都在讨论同一件事。"

提莫斯仍然很困惑，他的表情一定表达出了这一点，因此第三个教授，扎克斯继续解释着，他和弗兰克一样兴奋。提莫斯回忆起老玛丽谈论他的情景，扎克斯似乎是个天才，也许有一天会成为学院的领袖。

"我们还不完全确定，但这个符号，这个和这个，他们代表了'狗'和'老'，而这个是'人'。段落的长度是相似的。如果他们讲的是同一个故事，那么——"

"那么，这将是破译天神语言的关键！"提莫斯站起来，兴奋地拍着手。

"就是如此！虽然在我们把段落匹配起来之前还有很多工作要做，即使这样，我们也只能得到几个词，但是，是的，提莫斯，这是一个新开始。"弗兰克说。

几分钟后，针对学院和贤者之塔的新预算审批，大家达成了一致，允许投入更多的资源来推进这项工作。虽然只有一点点，但关于天神的知识可能会被揭示出来。谁知道接下来会发生什么奇迹呢？

提莫斯建立了一支由指挥官和教授组成的团队，负责绘制科斯维克、大和等城市的最新地图。当时机成熟时，他会利用领主的精神交流来锁定他们所有的位置。

在这一切事务中，他必须做出的最棘手的决定源于阿尔特提出的一个问题。

"大人，城堡里到处都是秘密通道。你要把它们封锁起来吗？"

提莫斯不知如何是好。放着不管很危险，但封锁起来也可能会危险。最后，提莫斯决定留下它们。这将是救援人员能够推翻叛徒的唯一手段。然而，老玛丽和教授们都没有告诉他，他们并没有把这些密道曾用于渗透和救援的事情写入城市编年史中。

而在一切都安定下来之后，提莫斯所做过的最简单的决定是：进行了一次特殊的传送。

在一个春光明媚的上午，某个村庄的农民们在田间耕作时看见了三匹马，每匹马上都坐着一个全副武装的身影，穿过田野慢慢地向他们走来。田野周围有一片森林和一条大河，而骑士们的来处是塞奇威山，在那里曾经有一座闪闪发光的神秘城市出现，而当入侵者摧毁了村庄和接近一半的人口之后，那座城市又很快消失了。农民们都很强壮，皮肤黝黑，因农活而疲惫，他们警惕地看着马逐渐靠近。一个男孩被派回村子去警告村里人，关闭村子周边围起的高高的木栅栏上的门，而其他人则留在原地。通讯员会从村子内部出发，前往其他村子报信，而村中高塔则会发送烟火信号。

很快，村委会成员被召集起来。他们已经处于警戒状态，因为据称在黎明的数小时前,塞奇威山上突然出现了一座城市。没有人知道那是一座什么样的城市,是上次来过的那座城市,还是一座新的城市,甚至如果先祖和女神都没有显灵的话,是那座曾经蹂躏过他们的侵略者城市。他们同意目击者们的意见,认为这些人看上去不像入侵者。对方人数很少,身后也没有其他人。他们的剑都在鞘中,马走得也很慢。但是这种可能性又有多大?

距田野还有一段距离时,马停了下来,骑士们下了马,把剑和匕首放在马旁边的草地上,向农民们走来。

可怕的屠杀给这些农民上了严肃的一课,他们抓牢了手里的干草叉,注意力已经放在了腰带上惯常挂着的匕首上。

为首的战士盔甲外披着华丽的斗篷,头上戴着金色的发箍,缓缓走到他们面前低下头,深深地鞠了一躬,直到他们跟着回礼。他微笑着抬起头,眼睛里闪烁着点点荧光。其中一个农民总觉得他很眼熟,但他发誓他从未见过如此强壮又英俊的男人。

"站住。"前排的农民率先发言,"你是谁?想要干什么?警告你,我们的村子都有重兵把守。如果你胆敢进攻,就别怪我们不客气。现在,你最好马上离开,找更容易得手的目标去吧。"

"你们好,"来人的声音浑厚深沉,打量着村子内外那些看似坚固实则不堪一击的栅栏,村子里的建筑物清晰可见。"我来这里,是为了向我的父母、祖父母以及所有在村子里去世的人表示敬意。我是为了纪念我的祖先而来,同时也是我们的祖先,我还想来打听关于我弟弟的消息。你的气色很好,安吉拉,西米恩和贾斯帕也很有精神。我是提莫斯,卡尔弗登领主,曾是这个村庄的子民。这位先生是我的同伴丹尼尔,这位年轻的女士则是我的被监护人雅典娜,同时也是卡莱斯领主。"

"我来这里是为了找到我的兄弟,并把这个村庄永久地置于我的保护之下。我的使命是把王国内所有的城市都聚集在我的旗帜下,为所有人民带去繁荣。"

First published by Eunoia Publishing Limited,
www.eunoiapublishing.com
All Clash of kings game references and game images
Copyright © 2019 Flyingbird Technology Limited(Hong Kong).
All text in all languages Copyright © 2019 Stephen Leaton
Stephen Leaton asserts his moral rights to be indentified as the author of this work.
All rights reserved.
Except for the purposes of fair reviewing,no part of this publication may be reproduced,stored, in a retrieval system or transmitted in any form by any means, electronic or mechanical,photocopying,recording or otherwise, without prior permission from the publisher.
ISBN 978-0-9941316-4-5
Simplified Chinese edition copyright © 2019 New Star Press Co., Ltd.
All rights reserved.

著作版权合同登记号：01-2019-5045

**图书在版编目（CIP）数据**

列王的纷争：新兵 /（新西兰）史蒂芬·利顿著；郑伟悦译．——北京：新星出版社，2019.9
书名原文：Clash of Kings：The Recruit
ISBN 978-7-5133-3700-7

Ⅰ.①列… Ⅱ.①史… ②郑… Ⅲ.①长篇小说-新西兰-现代 Ⅳ.① I612.45

中国版本图书馆 CIP 数据核字（2019）第 200373 号

## 列王的纷争：新兵

［新］史蒂芬·利顿 著；郑伟悦 译

**责任编辑**：杨英瑜
**责任校对**：刘 义
**责任印制**：李珊珊
**装帧设计**：斑 马

**出版发行**：新星出版社
**出 版 人**：马汝军
**社　　址**：北京市西城区车公庄大街丙3号楼　　100044
**网　　址**：www.newstarpress.com
**电　　话**：010-88310888
**传　　真**：010-65270449
**法律顾问**：北京市岳成律师事务所

**读者服务**：010-88310811　　service@newstarpress.com
**邮购地址**：北京市西城区车公庄大街丙3号楼　　100044

印　　刷：北京美图印务有限公司
开　　本：910mm×1230mm　　1/32
印　　张：7.375
字　　数：140千字
版　　次：2019年9月第一版　2019年9月第一次印刷
书　　号：ISBN 978-7-5133-3700-7
定　　价：48.00元

版权专有，侵权必究．如有质量问题，请与印刷厂联系调换．